मुखाग्नि

शाश्वत सत्य का स्टार्टअप,

संतोष कुमार

Made with ♥ on the Notion Press Platform
www.notionpress.com

समर्पित है —

उन सभी साहसी युवाओं को,
जो सपनों के पीछे भागते हुए
सहजता की सीमाओं को लांघने का हौसला रखते हैं;
जो नौकरी की निश्चितता छोड़कर
अपने विचारों को आकार देने निकलते हैं;
जो जोखिम उठाकर भी,
दुनिया को बेहतर बनाने का जज़्बा रखते हैं।

उन वृद्धजनों को,
जिनकी उपेक्षा हमारा मौन अपराध है,
पर जिनके अनुभव
हमारी सभ्यता की सबसे मूल्यवान धरोहर हैं।
जो अकेले होकर भी प्रतीक्षा करते हैं—
सुनने वाले कानों की, देखने वाली आँखों की,
और समझने वाले हृदय की।

और अंततः —
मेरी प्रिय पत्नी सरिता और पुत्र सेरेत्से को,
जिनकी मूक उपस्थिति, अटूट प्रेम
और असीम धैर्य ने
हर कठिन मोड़ पर मुझे संबल प्रदान किया।
तुम दोनों ही मेरे शब्दों की आत्मा हो।

क्रम-सूची

प्रस्तावना

"मुखाग्नि" एक कहानी नहीं, एक अनुभव है—ऐसे युवक की यात्रा, जो जीवन के संघर्षों, असफलताओं और आत्म-संदेहों से गुजरते हुए अंततः अपने भीतर की आग को पहचानता है। यह उपन्यास उन सभी युवाओं की गाथा है, जो नौकरी और व्यवसाय के दुविधा में उलझे रहते हैं, जो असफलताओं से हार नहीं मानते, और जो समाज की 'सफलता' की परिभाषाओं को चुनौती देने का साहस रखते हैं।

रत्नाकर केवल एक पात्र नहीं है—वह हमारे आसपास का कोई लड़का है, कोई दोस्त, कोई पड़ोसी, या शायद हमारे भीतर छिपा वह स्वप्नद्रष्टा, जो हर मोड़ पर पूछता है: "क्या सिर्फ नौकरी ही ज़िंदगी है?"

मुखाग्नि एक साधारण युवक की असाधारण चेतना की कहानी है—जो अपने ट्रक के खो जाने से टूटता नहीं, अपमान सहता है, लेकिन जीवन की अंतिम सच्चाई—मृत्यु—से एक नया अवसर खोजना सीखता है। वह उन बुजुर्गों की चिंता को समझता है जो समाज की उपेक्षा के शिकार हैं, और उन्हीं की पीड़ा में एक व्यवसायिक संभावना, एक सेवा की प्रेरणा खोज लेता है।

यह उपन्यास बाज़ार, नैतिकता और मानवता के त्रिकोण में खड़ी युवा पीढ़ी की सोच का आइना है। यह पूछता है—क्या 'स्टार्टअप' केवल ऐप और टेक्नोलॉजी में ही होते हैं? क्या अंतिम संस्कार भी एक गरिमा और संवेदना के साथ व्यवस्थित किया जा सकता है?

"मुखाग्नि" दरअसल एक प्रयोग है—कथा कहने का, अर्थ खोजने का और संवेदना को व्यापार से जोड़ने का। यह किताब बनारस के घाटों, वृद्धाश्रमों, टूटते सपनों और नई उम्मीदों की परतों में छिपे उस शाश्वत प्रश्न का उत्तर खोजती है—"जब सब छूट जाए, तो क्या बचता है?"

इस पुस्तक में हास्य भी है, कटाक्ष भी; प्रेम भी है, प्रतिरोध भी; विफलता भी है, और नवाचार भी। यह उपन्यास एक ऐसी चिंगारी है जो सिर्फ चिता जलाने के लिए नहीं, ज़िंदगी को फिर से रोशन करने के लिए है।

भूमिका

"जब स्टार्टअप डूबता है, तो क्या बचता है?"
"जब सपना टूटता है, तो क्या बचता है?"
"और जब कोई वृद्ध अकेले मरता है, तो क्या समाज भी उसकी मौत का मौन हिस्सेदार बन जाता है?"

"मुखाग्नि" इन्हीं असहज प्रश्नों से जन्मा एक सामाजिक उपन्यास है—एक ऐसी कहानी , जो बनारस के घाटों, गलियों और हाशिये पर खड़े जीवनों के बीच साँस लेती है। यह एक ऐसे युवक की यात्रा है, जो असफलता की राख से अपनी पहचान की ज्योत जलाता है।

रत्नाकर की कहानी व्यक्तिगत होकर भी सामूहिक है। वह उस युवा भारत का प्रतिनिधि है, जो नौकरी और उद्यम के द्वंद्व में उलझा है; जो पिता की अपेक्षाओं, प्रेमिका के वादों, और समाज की दकियानूसी मान्यताओं के बीच छटपटा रहा है। "मुखाग्नि" उन दबावों, कुंठाओं और सवालों का सामना करती है जो आज के हर तीसरे युवा के भीतर खदबदा रहे हैं।

लेकिन यह कहानी केवल संघर्ष की नहीं है—यह संभावनाओं की भी कहानी है। मृत्यु के आसपास जीवन के अर्थ खोजने की कहानी। घाट, वृद्धाश्रम, अंतिम संस्कार और ट्रक—इन प्रतीकों के माध्यम से यह उपन्यास उन वर्गों पर रोशनी डालता है, जिन्हें हम अनदेखा कर चुके हैं।

इस कहानी में हास्य है, कटाक्ष है, करुणा है और वह असहज सच्चाई भी, जो पाठक को भीतर तक झकझोर देती है। रत्नाकर का संघर्ष केवल उसकी असफलता नहीं, हमारे समय की बेचैनी का बयान है।

"मुखाग्नि" समाज, उद्यम और मानवीय संवेदना के बीच एक सेतु है—जहाँ मृत्यु की गरिमा को व्यापारिक दृष्टि से नहीं, बल्कि संवेदनशील समाधान के रूप में देखा गया है। जहाँ घाट केवल शवों के लिए नहीं, बल्कि एक स्टार्टअप की ज़मीन बन जाते हैं। जहाँ वृद्धों की उपेक्षा, सेवा और सम्मान के अवसर में बदल सकती है।

यह उपन्यास पढ़ते समय आपको ऐसा महसूस होगा मानो आप किसी नए सामाजिक आंदोलन की भूमिका पढ़ रहे हों—जहाँ व्यापार में संवेदना है, और संवेदना में भविष्य की राह।

पावती (स्वीकृति)

हर रचना के पीछे कुछ ऐसे लोग होते हैं, जिनका योगदान प्रत्यक्ष भले ही न दिखे, लेकिन वह हर शब्द, हर दृश्य और हर संवेदना में उपस्थित रहता है। "मुखाग्नि" केवल मेरी लेखनी का परिणाम नहीं, बल्कि उन सभी लोगों की सहभागिता, प्रेरणा और समर्थन का भी फल है, जिन्होंने इस यात्रा को संभव बनाया।

मैं हृदय की गहराई से आभार प्रकट करता हूँ —

श्री रामचंद्र पी.ए., प्रदीप, अनिरुद्ध अग्रोइया, माधव, सैकत और श्रीकांत मेनन को, जिनकी सृजनात्मक टिप्पणियाँ और सहृदय सुझाव मेरे लिए अत्यंत मूल्यवान रहे।

आप सभी का स्नेह, संवाद और सतत विश्वास इस उपन्यास की प्रत्येक पंक्ति में स्पंदित है।

इस यात्रा में आपके योगदान के बिना "मुखाग्नि" पूर्ण नहीं हो सकता था।

आमुख

"मुखाग्नि" उस दौर में जन्मी कहानी है, जब जीवन और मृत्यु के बीच की रेखा बहुत धुंधली हो गई थी।

यह कहानी मैंने कोरोना काल में लिखा, जब अखबारों में सिर्फ आँकड़े छपते थे, अस्पतालों में शवों के लिए जगह नहीं थी, और श्मशानों में अग्नि लगातार जल रही थी। घाटों पर शवों की कतारें थीं, और बहुत से लोग — खासतौर पर वृद्ध — बिना किसी परिजन के, अकेले विदा हो रहे थे।

मुझे बार-बार लगता था — अगर मृत्यु भी इतना अकेला अनुभव बन जाए, तो हम एक समाज के रूप में किस मोड़ पर आ खड़े हुए हैं? इन्हीं विचारों के बीच एक दृश्य मेरे मन में गूंजता रहा: एक युवक, जो असफलता से टूटा है, घाट पर बहती लाशों को देखता है, और उस दुर्गंध, उस चुप्पी, उस भयानक सच्चाई में भी एक अवसर देखता है — सम्मान लौटाने का, कुछ बदलने का, कुछ रचने का।

"मुखाग्नि" केवल एक युवक रत्नाकर की कहानी नहीं है। यह उन लाखों युवाओं की कहानी है जो उस समय रोज़गार खो बैठे, जो परिवारों से दूर थे, जिनके सपने मास्क के पीछे दम घोंटने लगे थे। और साथ ही यह उन बुज़ुर्गों की भी कहानी है, जिनकी मृत्यु पर न कोई आँसू थे, न मुखाग्नि देने वाला पुत्र।

इस उपन्यास की प्रेरणा मृत्यु नहीं है — मृत्यु की गरिमा है। और उसका केंद्र है:
"क्या हम अंतिम संस्कार को भी एक गरिमापूर्ण मानवीय सेवा में बदल सकते हैं?"

यह कहानी सिर्फ बीते कल की नहीं है। यह आज की चेतावनी और कल की दिशा भी है।

यदि रत्नाकर की आग, किसी पाठक के भीतर रोशनी की एक छोटी लौ भी जला सके—
तो मैं मानूंगा कि मुखाग्नि व्यर्थ नहीं गई।

1

सप्लायर

बनारस के किसी भी घाट से सूर्योदय अत्यंत मनोहारी प्रतीत होता है, मानो कोई जीवंत पेंटिंग हो। दूर क्षितिज से सूर्य की किरणें गंगा नदी में प्रतिबिंबित हो रही हैं। इस पर नावें तैर रही हैं, और उनके पीछे पक्षियों का झुंड—मुख्यतः सारस और साइबेरियन क्रेन—अठखेलियाँ कर रहा है, क्योंकि नाव में सैर करने वाले लोग इन्हें दाना डाल रहे हैं। हवा में दाने लपकने की होड़ में पक्षियों का कलरव गूंज उठता है, जो मादक और सम्मोहक लगता है। यही कलरव बार-बार अपनी ओर आकर्षित करता है, मानो इसकी मधुरता किसी भी पेंटिंग में जान फूंक दे।

गंगा स्नान ब्रह्म मुहूर्त से ही आरंभ हो जाता है, किंतु सूर्योदय के साथ श्रद्धालुओं की भीड़ बढ़ने लगती है। सुबह की सैर करने वाले भी अपनी उपस्थिति दर्ज कराने लगते हैं। व्यायाम करने वालों के बीच एक अलिखित समझौता होता है—घाट और इसके विभिन्न स्थलों को लेकर। सभी अपने निश्चित स्थान पर ही व्यायाम करते हैं, अपनी उम्र और स्वास्थ्य के अनुसार। अस्सी घाट के निकट, रीवा कोठी (बनारस हिंदू विश्वविद्यालय के छात्रावास) के सामने, 25 से 35 वर्ष तक के युवाओं का एक दल व्यायाम कर रहा है।

पास ही सीढ़ियों पर विश्वास, उत्तम, धनी, वरुण और कुछ अन्य बुजुर्ग हंसी-मज़ाक में मग्न हैं। इनकी उम्र लगभग सत्तर वर्ष के आसपास होगी। ये सभी पास के ही वृद्धाश्रम में रहते हैं। इनके वस्त्र और स्वास्थ्य

देखकर उनके अतीत और पेशे का अनुमान लगाया जा सकता है। विश्वास कभी सरकारी कर्मचारी थे, धनी जी का अपना व्यवसाय हुआ करता था, और वरुण बाबू का लंबा-चौड़ा शरीर यह संकेत देता है कि जवानी में उन्होंने अपने स्वास्थ्य पर विशेष ध्यान दिया होगा। सफेद धोती-कुर्ता और गौर वर्ण के कारण वे अपने समूह में सबसे अलग दिखाई देते हैं। पूरे समूह ने उन्हें अपना मुखिया मान लिया है—किसी भी बहस में उनका मत अंतिम और निर्णायक होता है।

इन्हीं के पास एक प्रेमी युगल, रत्नाकर और मालती, बैठा हुआ है। दोनों पास ही रहते हैं और सुबह की सैर के बहाने मिलने चले आते हैं।

इसी दौरान, गंगा की धारा में बहती हुई एक लाश घाट से टकराती है। बुजुर्गों का ध्यान उस ओर जाता है। विश्वास और धनी उसे नज़दीक जाकर देखने लगते हैं। एक युवक, जो वहीं व्यायाम कर रहा था, बांस लाकर लाश को गंगा की मुख्य धारा में धकेल देता है। देखते ही देखते लाश बहकर आँखों से ओझल हो जाती है। इस घटना से वहाँ मौजूद किसी भी व्यक्ति के चेहरे पर कोई विशेष भाव नहीं आता—मानो यह दृश्य उनके लिए सामान्य हो। घाट पर जीवन पूर्ववत चलता रहता है।

रत्नाकर और मालती अभी भी सीढ़ियों पर बैठे चुहलबाजी कर रहे हैं। दोनों की उम्र लगभग 25 वर्ष है। वे पड़ोसी हैं और बचपन से ही साथ पले-बढ़े हैं। उनके बीच प्रेम कैसे जन्मा, यह वे स्वयं नहीं जानते। किसने किसे प्रपोज किया? यह भी याद नहीं। खेलते-कूदते, लड़ते-झगड़ते, पढ़ते-लिखते, दोनों ने एक-दूसरे पर अपना अधिकार जमा लिया था। कब उन्होंने यह एहसास कर लिया कि वे एक-दूसरे के लिए बने हैं, और कब इसे स्वीकार भी कर लिया—यह किसी को नहीं पता।

इसी बीच, रत्नाकर के ट्रक का खलासी, चवन्नी, उसे रेत की डिलीवरी के लिए बुलाने आ जाता है। आमतौर पर चवन्नी पहले ही रेत की लोडिंग करा लेता है और फिर रत्नाकर को बुलाने आता है। रेत लोड होने में लगने वाला समय ही रत्नाकर और मालती के पास मॉर्निंग वॉक, या कहें, मॉर्निंग डेट के लिए बचता है। रत्नाकर, चवन्नी की ओर बढ़ने लगता है। मालती चाहती थी कि वह कुछ देर और बैठता, इसलिए उसकी आँखों में हल्की उदासी आ जाती है। वह रत्नाकर को जाते हुए देखती रहती है।

रत्नाकर 25 वर्षीय हट्टा-कट्टा नौजवान है, जिसे अपने बालों से बेहद लगाव है। जब भी उसे अवसर मिलता है, वह अपने हाथों से बालों को संवार लेता है। उसकी ब्लू जींस और लाल टी-शर्ट के साथ कांधे पर पड़ा लाल गमछा, जो मानो उसकी टी-शर्ट का ही विस्तार हो, मालती को हमेशा आकर्षित करता है।

रत्नाकर की चाल में आत्मविश्वास झलकता है। वह पूरी दुनिया जीतना चाहता है। ट्रक के पास पहुंचते ही वह चवन्नी से ट्रक की चाबी लेता है, फिर पीछे मुड़कर मालती को देखता है और मुस्कुराते हुए विदा लेता है। मालती उसे तब तक देखती रहती है, जब तक वह उसकी आँखों से ओझल नहीं हो जाता।

रत्नाकर ट्रक लेकर बिल्डिंग कंस्ट्रक्शन साइट पर रेत की डिलीवरी के लिए पहुँचता है, लेकिन गेट बंद है। गेट के बाहर गार्ड अपने मोबाइल में व्यस्त है और उसे ट्रक के आने का पता ही नहीं चलता।

चवन्नी, जो 25 वर्ष का है और जींस-टीशर्ट पहने हुए है, गेट खुलवाने के लिए ट्रक से नीचे उतरता है। वह गार्ड के मोबाइल में झांककर देखता है—गार्ड इंस्टाग्राम रील्स देख रहा है।

चवन्नी उसकी तन्मयता तोड़ते हुए कहता है, "छोटे से मोबाइल में इतना मत घुसो कि इतनी बड़ी ट्रक भी दिखाई देना बंद हो जाए!"

इसके बाद, वह अपनी जेब से बीड़ी का बंडल निकालकर हवा में उछालता है, जिसे गार्ड लपक लेता है। गार्ड बंडल से बीड़ी निकालकर सुलगाने लगता है। चवन्नी जब गेट बंद होने का कारण पूछता है, तो गार्ड बीड़ी का एक लंबा कश लेकर गेट पर लगे कोर्ट के नोटिस की ओर इशारा करते हुए कहता है—

"एही से। कल शामे में काम बंद हो गया है। हमको ऑर्डर है कि किसी को अंदर न जाने दें।"

रत्नाकर भी ट्रक से उतरकर उनके पास आ चुका है। वह और चवन्नी गेट पर लगे कोर्ट के नोटिस को ध्यान से पढ़ते हैं। उस पर बहुत कुछ लिखा है, पर उनके मतलब की सबसे अहम बात यही है—

"कोर्ट के अगले आदेश तक वास्तु बिल्डर के इस निर्माण कार्य को स्थगित किया जाता है।"

दोनों एक-दूसरे को देखते हैं और परेशान हो जाते हैं।

अब गार्ड को मौका मिलता है, जिसे वह गंवाए बिना अपना ब्रह्मज्ञान रत्नाकर और चवन्नी को देना शुरू कर देता है—

"बिल्डिंग का एक बार काम रुका, मतलब गईल भैंस पानी में! तुम्हारा कोई बकाया तो नहीं है?"

रत्नाकर सिर हिलाकर 'ना' में जवाब देता है।

गार्ड, बीड़ी का एक और कश लेते हुए कहता है, "आप हमको बीड़ी पिलाते हैं, इसलिए बता रहे हैं। कोर्ट का नोटिस लगने के बाद बकाया निकालना मुश्किल हो जाता है। बाकी आप का संबंध है, ध्यान दीजिए!"

रत्नाकर कुछ सोचने लगता है।

चवन्नी को गार्ड की बातें पसंद नहीं आतीं। वह उसे बीड़ी पीने का इशारा करते हुए तंज कसता है, "हाँ! हम जानते हैं। तुम बीड़ी पियो!"

गार्ड को यह ताना अच्छा नहीं लगता। वह गुस्साते हुए कहता है, "इसीलिए तुमको अभी पता चल रहा है? आदमी लोग दस दिन से अपना बकाया लेने के लिए साइट और ऑफिस दौड़ रहे हैं!" फिर मुस्कुराकर चवन्नी की ओर देखता है और व्यंग्य से बोलता है, "बड़ा चालाक बनते हैं!"

फिर, चवन्नी को कोई जवाब देने का मौका दिए बिना, वह रत्नाकर की ओर इशारा करके कहता है, "बाबू अच्छे हैं, इसलिए बता दिए।" और वापस अपने मोबाइल में रील्स देखने लग जाता है।

रत्नाकर कुछ सोचते हुए खलासी की सीट पर बैठ जाता है। चवन्नी रत्नाकर को देखता है, फिर गार्ड को। अचानक, वह गार्ड के हाथ से बीड़ी का बंडल और जलती हुई बीड़ी छीन लेता है और ट्रक के ड्राइविंग सीट पर बैठकर इंजन स्टार्ट कर देता है। गार्ड को अपनी बीड़ी और बंडल छिन जाने का अफसोस होता है।

ट्रक के अंदर दोनों शांत हैं। रत्नाकर चवन्नी को ट्रक चलाते देख रहा है। चवन्नी को कभी-कभी ही रत्नाकर के सामने ट्रक चलाने का मौका मिलता है, और आज वह सहजता से ट्रक चला रहा है। रत्नाकर की चिंता अब ट्रक में लदी रेत को लेकर है। उसी चिंता को दूर करने के लिए वह चवन्नी से कहता है, "हम तुमसे हमेशा कहते थे कि बाकी लोगों से भी

दोस्ती बना कर रखो। अभी काम आता ना?"

चवन्नी रत्नाकर को देखकर ऐसा चेहरा बनाता है, जैसे पूछ रहा हो—"क्या काम आता?"

रत्नाकर तुरंत उसका संशय मिटाते हुए कहता है, "अरे, हमारे पास अभी कोई और ऑर्डर नहीं है। अगर होता, तो तुरंत डिलीवरी कर देते।"

इसी समय ट्रक एक चौराहे पर पहुंचती है। चवन्नी ट्रक को साइड में रोकते हुए कहता है, "अरे, अब आप थोड़ी माल ढोने वाले हैं! आप सप्लायर हैं, सप्लायर!"

रत्नाकर उसे घूरकर देखने लगता है। चवन्नी हाथ के इशारे से पूछता है कि ट्रक को दाएं ले जाए या बाएं। रत्नाकर भी उसी अंदाज़ में बाएं चलने का इशारा करता है। ट्रक बाएं मुड़कर आगे बढ़ जाती है।

वास्तु बिल्डर के ऑफिस में रिसेप्शनिस्ट के पीछे वाली दीवार पर "वास्तु बिल्डर – गृह निर्माण, संस्कार के साथ" का बड़ा सा लोगो लगा हुआ है। लॉबी में तीन-चार लोग बैठे हुए हैं। तभी रत्नाकर और चवन्नी वहां पहुंचते हैं। रिसेप्शनिस्ट उन्हें अंदर जाने से रोकता है, पर दोनों जबरदस्ती भीतर चले जाते हैं।

अंदर, वास्तु बिल्डर के मालिक सिद्धांत का ऑफिस है। उसका चेंबर काफी बड़ा और भव्य है। एक तरफ ढेर सारे प्रोजेक्ट के मिनिएचर मॉडल रखे हैं, तो दूसरी तरफ एक बड़ा सा सोफा सेट। दोनों के बीच में एक विशाल टेबल के पीछे सिद्धांत बैठा हुआ है।

सिद्धांत, 45 वर्षीय, एक आकर्षक व्यक्ति है। वह पैसे के अलावा सब कुछ देने की बात कर सकता है—या कम से कम ऐसा दिखाता है।

रत्नाकर और चवन्नी अंदर आते हैं। चवन्नी सिद्धांत को नमस्कार करता है, लेकिन रत्नाकर नहीं। यह देखकर सिद्धांत मुस्कुराते हुए उन्हें बैठने का इशारा करता है।

"क्या हो गया रत्नाकर बाबू? तबीयत तो ठीक है?" सिद्धांत पूछता है।

"अरे, साइट पर तो काम ही बंद हो गया!" रत्नाकर जवाब देता है।

"अच्छा! कब हुआ?" सिद्धांत चुटकी लेते हुए पूछता है।

रत्नाकर को सिद्धांत का मज़ाक उड़ाना अच्छा नहीं लगता। वह सीधे मुद्दे पर आता है, "अब काम कब शुरू होगा, ये तो पता नहीं। आप बस मेरा पेमेंट क्लियर कर दीजिए।"

सिद्धांत समझाने के अंदाज़ में कहता है, "काम कब शुरू होगा, मतलब? अरे, दो-दो वकील रखे हैं। बिल्डिंग का काम कभी रुकता है क्या?"

पर रत्नाकर कुछ सुनना नहीं चाहता। वह दोनों हाथ उठाकर कहता है, "ये तो ऊपर वाला जाने! मुझे पहलवान जी का पेमेंट करना है। आप बस भुगतान कर दीजिए।"

सिद्धांत उसे शांत करने के लिए कहता है, "रत्नाकर बाबू, अब आप सप्लायर हैं। सप्लायर की तरह सोचिए। बिल्डिंग का काम बंद हुआ है, बिल्डर का नहीं!"

फिर वह मुस्कुराकर चवन्नी की ओर देखता है, "अरे, ये साइट नहीं तो कोई और सही। हम आप दोनों को आराम करने नहीं देंगे!"

रत्नाकर को लग रहा है कि उसे भुगतान नहीं मिलने वाला। वह फिर कहता है, "वो सब ठीक है, लेकिन पेमेंट तो क्लियर कर दीजिए। मुझे पैसों की जरूरत है!"

सिद्धांत टालने के अंदाज़ में कहता है, "एक साइट बंद होते ही तुम घबरा गए? मैं कहीं भागा जा रहा हूँ क्या?"

अब रत्नाकर पहलवान का नाम लेकर बात को आगे बढ़ाने की कोशिश करता है। "बिल्डिंग के काम में ये सब तो होता रहेगा, पर बात पहलवान की है। आज सुबह ही माल देने में हुज्जत कर रहे थे। कम से कम उसका तो पेमेंट क्लियर कर दीजिए!"

"अरे, पेमेंट का आगा-पीछा होते रहता है। हम पहलवान से बात कर लेंगे। उसको छोड़ो, तुम्हें नए डीलर से भी मिलवा देंगे। डरो मत, हम हैं न! पहलवान कुछ नहीं करेगा।"

सिद्धांत फिर मोबाइल निकालकर किसी से बात करने का नाटक करने लगता है। बीच-बीच में वह रत्नाकर और चवन्नी को भी देख रहा है। वह मुस्कुरा रहा है, और रत्नाकर की खीज़ बढ़ती जा रही है।

थोड़ी देर बाद सिद्धांत फोन काटते हुए कहता है, "देखो रत्नाकर, लंका वाले साइट का काम रेत की कमी से रुकने वाला है। उसी के लिए फोन था। और तुम अभी तक यहीं बैठे हो? जाओ-जाओ, वहां सप्लाई करो!"

फिर वह बेल बजाकर रिसेप्शनिस्ट को बुलाता है।

लॉबी में जो लोग इंतजार कर रहे थे, वे अंदर आ जाते हैं और खाली कुर्सियों पर बैठने लगते हैं। कुर्सियां कम पड़ जाती हैं, तो चवन्नी उठकर अपनी सीट किसी और को दे देता है।

रत्नाकर अभी भी सिद्धांत से कुछ कहना चाहता है, इसलिए वह अपनी जगह पर बैठा रहता है।

"अरे, जल्दी जाओ! माल गिराओ! अभी यहां बैठकर क्या देख रहे हो?" सिद्धांत आदेश देता है।

रिसेप्शनिस्ट रत्नाकर का हाथ पकड़कर उसे चेंबर से बाहर कर देता है।

रत्नाकर और चवन्नी लॉबी में खड़े परेशान से एक-दूसरे को देखने लगते हैं।

रत्नाकर के पिताजी, गंगा प्रसाद, को रिटायर हुए अभी एक साल भी नहीं हुआ है। बेटे की रोज़गार, या कहें, बिजनेस की चिंता ने उनके बाल सफेद कर दिए हैं। इसी कारण वे अपनी उम्र से ज्यादा उम्रदराज़ दिखने लगे हैं।

रत्नाकर के होने वाले ससुर जी, मंगल प्रसाद, के रिटायरमेंट में अभी तीन साल बाकी हैं। दोनों पड़ोसी हैं। मंगल प्रसाद जी के घर की सभी खिड़कियाँ गंगा प्रसाद जी के आंगन में ही खुलती हैं। इन्हीं खिड़कियों के जरिए रत्नाकर और मालती का प्यार परवान चढ़ा है। और आज, इसी प्यार की शादी की बात करने के लिए, दोनों रत्नाकर के ड्राइंग रूम में बैठे हैं।

मंगल प्रसाद समोसे खाते जा रहे हैं और साथ-साथ बोलते जा रहे हैं,

"गंगा प्रसाद जी, हमारे लिए तो समझिए मुँह मांगी मुराद पूरी हो गई। मालती एक घर से निकलकर दूसरे में आ जाएगी, और रत्नाकर मेरे लिए अपने बेटे से कम नहीं है।"

"और हमारे लिए भी यह किसी मुराद से कम नहीं है। हमने भी मालती को अपनी बेटी की तरह बढ़ते देखा है। उसके आने से घर पूरा हो जाएगा।" गंगा प्रसाद कहते हैं।

"उसकी ज़िंदगी में एक माँ की कमी थी। शादी के बाद वो भी पूरी हो जाएगी। अब मेरी तो सारी चिंता ही मिट गई!" यह कहते हुए मंगल प्रसाद एक लंबी डकार लेते हैं।

तभी बाहर ट्रक रुकने की आवाज़ आती है। दोनों कमरे से बाहर झांकते हैं।

रत्नाकर और चवन्नी ट्रक से उतरकर ड्राइंग रूम में प्रवेश करते हैं। रत्नाकर मंगल प्रसाद के पैर छूता है और अपने बाबूजी के बगल में बैठ जाता है। चवन्नी भी बैठने के लिए एक कुर्सी खींचता है।

रत्नाकर की माँ, पार्वती, जो कि एक आम गृहिणी हैं, भी ड्राइंग रूम में आ चुकी हैं।

"काम कैसा चल रहा है?" मंगल प्रसाद रत्नाकर से पूछते हैं।

रत्नाकर कुछ बोलना चाहता है, लेकिन उससे पहले ही—

"काम बहुत बढ़िया चल रहा है! अरे, आपको तो पता होगा? ददा अब सप्लायर बन गए हैं!" चवन्नी उत्साहित होकर बोल पड़ता है।

यह बात गंगा प्रसाद के लिए बिल्कुल नई थी। वे चौंकते हुए पूछते हैं, "सप्लायर? ये कब हुआ?"

"अरे चाचा जी! कोने में जो नई बिल्डिंग बन रही है न, वास्तु बिल्डर की? उसका सारा रेत-गिट्टी हम ही सप्लाई कर रहे हैं! और भी ऑर्डर हैं अपने पास। इतना काम है कि सांस लेने की भी फुर्सत नहीं!" चवन्नी सीना चौड़ा करके जवाब देता है।

मंगल प्रसाद पूछना तो रत्नाकर से चाहते हैं, लेकिन चवन्नी से ही पूछते हैं, "तो फिर आज घर पर कैसे?"

चवन्नी जवाब देना चाहता है, लेकिन रत्नाकर को देखकर चुप हो जाता है।

"वह... आप आने वाले थे न, इसलिए।" रत्नाकर जवाब देता है।

"इसके लिए धन्यवाद। वैसे, आज के अखबार में निकला है कि वास्तु बिल्डर के कोने वाली बिल्डिंग का काम रुक गया है। कोर्ट का आदेश आ

गया है।" मंगल प्रसाद, रत्नाकर की ओर देखते हुए कहते हैं।

रत्नाकर नजरें झुका लेता है। वह उठने की कोशिश करता है, लेकिन माँ कोहनी मारकर उसे बैठे रहने का इशारा करती हैं। रत्नाकर बैठ जाता है।

रत्नाकर की मदद के लिए चवन्नी वही दलील पेश करता है, जो थोड़ी देर पहले सिद्धांत ने उन्हें दी थी।

"चाचा जी! यह बिल्डिंग के काम का बंद-चालू होना तो चलता ही रहता है। आज बंद हुआ है, कल फिर शुरू हो जाएगा। इसमें कौन सी नई बात हो गई?"

अचानक, बाहर से बुलेट मोटरसाइकिल के हॉर्न और इंजन की आवाज़ सुनाई देती है। ऐसा लगता है जैसे कुछ लोग उनके ही घर आए हैं।

सभी चौंक जाते हैं।

घर के आँगन में पहलवान अपने कुछ आदमियों और एक पुलिस इंस्पेक्टर के साथ आया है। वे ट्रक को ध्यान से देख रहे हैं। रत्नाकर और चवन्नी घर से बाहर आते हैं। चवन्नी दौड़कर पहलवान के पास जाता है और पूछता है, "क्या हो गया?"

पहलवान उसे धक्का देकर गिरा देता है। यह देखकर रत्नाकर तेज़ी से पहलवान के पास पहुँचता है। उसी समय ड्राइंग रूम से गंगा प्रसाद और मंगल प्रसाद भी बाहर आ जाते हैं। उन्हें देखते ही पहलवान हाथ जोड़कर नमस्कार करता है और पूछता है, "दूसरा कौन है, भाई?"

अब तक चवन्नी उठ चुका होता है। वह बताता है, "मंगल प्रसाद, इनके होने वाले ससुर।"

पहलवान मंगल प्रसाद को दोबारा नमस्कार करते हुए व्यंग्य में कहता है, "दामाद तो बहुत बढ़िया चुना है आपने!" फिर धीमी आवाज़ में रत्नाकर से कहता है, "चुपचाप चाबी दे दो, नहीं तो तुम्हारे होने वाले ससुर के सामने ही इज्जत की धज्जियाँ उड़ा देंगे।"

पहलवान जैसे ही रत्नाकर का कॉलर पकड़ता है, रत्नाकर की नज़र छत पर खड़ी मालती पर पड़ती है। वह झट से जेब से चाबी निकालता है। चाबी देखते ही पहलवान रत्नाकर का कॉलर ठीक करने लगता है और

इतने ज़ोर से बोलता है कि सब सुन सकें,

"वैसे भी, पंद्रह लाख का उधार हो गया है आप पर! वास्तु बिल्डर ने तो पेमेंट किया नहीं होगा। अतः श्रीमान से सविनय निवेदन है कि बस उधार चुका दीजिए और अपना ट्रक ले जाइए। बाकी, आप तो समझदार हैं..."

फिर दोनों हाथ जोड़कर नमस्कार करता है और चाबी अपने ड्राइवर को दे देता है। ड्राइवर ट्रक को रिवर्स करने लगता है।

मंगल प्रसाद रत्नाकर के पास आकर तंज कसते हैं, "बड़ा आदमी बनने के चक्कर में ट्रक भी शहीद कर दिया!"

पहलवान कुटिल मुस्कान के साथ मंगल प्रसाद को हाथ जोड़कर नमस्कार करता है। उसके साथ खड़ा इंस्पेक्टर भी हाथ जोड़ते हुए व्यंग्य में कहता है, "समझाइए अपने होने वाले दामाद को कि ज़्यादा फड़फड़ाने की कोशिश न करें। वरना पता है ना—ना बाँस रहेगा, ना बाँसुरी!"

और दोनों जाने लगते हैं। मंगल प्रसाद, रत्नाकर को घूरकर देखते हैं। रत्नाकर अपनी असहजता छिपाने की कोशिश करता है और कहता है,

"अरे, यह तो बगल का ऑर्डर है, और ट्रक में पहले से ही बालू लोड है। इसलिए ले जा रहे हैं, अनलोड करने के लिए।"

मंगल प्रसाद, गंगा प्रसाद की ओर देखते हुए ऊँची आवाज़ में कहते हैं, "इनसे कहिए कि कहीं नौकरी कर लें! अभी भी कुछ नहीं बिगड़ा है। नौकरी करते-करते भी आदमी बड़ा बन ही जाता है!"

इतनी ज़ोर से कहते हैं कि छत पर खड़ी मालती भी सुन सके।

सभी लोग ट्रक को जाते हुए देखते हैं। मंगल प्रसाद भी जाने लगते हैं। गंगा प्रसाद उन्हें रोकने के लिए हाथ उठाते हैं, लेकिन कुछ सोचकर हाथ वापस नीचे कर लेते हैं।

बाबूजी, रत्नाकर को देखते हैं। रत्नाकर उनकी नज़रों से नज़रें नहीं मिला पाता है।

2

नौकरी ही कर लो

गंगा प्रसाद, रत्नाकर, चवन्नी और पार्वती ड्राइंग रूम में बैठे हुए हैं। टेबल पर बचा हुआ समोसा, बिस्कुट और चाय रखे हुए हैं, जिन पर सिर्फ और सिर्फ चवन्नी की नज़र है। वह इन सब चीज़ों को सफाचट करना चाहता है, लेकिन माहौल उसे रोक रहा है।

गंगा प्रसाद रत्नाकर को डाँट रहे हैं, "बाबू साहब, ट्रक भी लुटा दिए! और कितना बिज़नेस डुबाएगा? मेरे बुढ़ापे की सारी पूंजी बर्बाद कर दी! मैं भी बिज़नेस करके बहुत जल्दी बड़ा आदमी बनना चाहता था... कितना घाटा हुआ?"

फिर वह गहरी साँस लेते हैं और कहते हैं, "जिस दिन तुम पैदा हुए थे, उस दिन घर में खाने के लिए कुछ भी नहीं था। तुम्हारी मुँह दिखाई के पैसों से हम चावल और दाल ख़रीदकर लाए थे। उसी दिन मैंने फैसला कर लिया था कि नौकरी करूँगा। नौकरी के बाद सब बदल गया। मैंने तुम्हारी हर बात मानी, अब तुम मेरी एक बात मान लो—नौकरी कर लो।"

गंगा प्रसाद, रत्नाकर की आँखों में देखना चाहते हैं, लेकिन रत्नाकर और चवन्नी इशारों में समोसा, बिस्कुट और चाय के बँटवारे को लेकर मूक संवाद कर रहे हैं—रत्नाकर क्या लेगा और चवन्नी किन चीज़ों पर हाथ साफ करेगा।

गंगा प्रसाद को गुस्सा आ जाता है। वह रत्नाकर को तमाचा मारने के लिए हाथ उठाते हुए कहते हैं, "मन तो कर रहा है कि तुमको पीटकर..."

तभी पार्वती बीच में आ जाती है। ड्राइंग रूम में सन्नाटा छा जाता है।

गंगा प्रसाद बिना कुछ कहे बाहर चले जाते हैं। उनके जाते ही रत्नाकर छत की ओर भागता है। पार्वती की आँखों में आँसू हैं, और चवन्नी चुपचाप उनके पास आकर बैठ जाता है।

मालती अपनी छत पर सूखे कपड़े इकट्ठा कर रही है। रत्नाकर छत की रेलिंग से टिककर बैठा है और सफाई दे रहा है, "अरे, वो पहलवान का उधार निकलता है मुझ पर। वास्तु बिल्डर का पेमेंट आते ही उसको चुका कर ट्रक वापस ले आऊँगा। मगर तुम्हारे और हमारे बाबूजी मिलकर बात का बतंगड़ बना दिए!"

"बतंगड़ बना दिए? अरे, घर से ट्रक उठाकर ले गए, चवन्नी को पीटा, तुम्हें भी तो..." मालती बोलते-बोलते रुक जाती है, क्योंकि उसे लगता है कि यह बात नहीं बोलनी चाहिए थी।

रत्नाकर अपने मुँह पर उंगली रखकर उसे चुप रहने का इशारा करता है। कुछ पल मालती को देखने के बाद, वह उसकी छत से रेलिंग फाँदकर अपने छत पर जाने लगता है। मालती उसे रोकना चाहती है, लेकिन कुछ कह नहीं पाती।

गंगा प्रसाद, मंगल प्रसाद, दरोगा बाबू (जो सिर्फ नाम के दरोगा हैं), और मुंशी जी (जो नाम और काम, दोनों से मुंशी थे लेकिन अब मुंशीगिरी नहीं करते) चाय की दुकान पर बैठे आपस में बातें कर रहे हैं। इसमें सिर्फ मंगल प्रसाद ही नौकरी में हैं, बाकी सभी रिटायर हो चुके हैं। चर्चा का विषय रत्नाकर और उसका ट्रक है।

दरोगा बाबू इस झंझट से निकलने का उपाय बताते हुए कहते हैं, "अरे, कोई बात नहीं, गंगा। रत्नाकर से कहो कि अब लोन की किस्त भरना बंद कर दे। बैंक खुद ही ट्रक ले जाएगा।"

गंगा प्रसाद गहरी साँस लेते हुए कहते हैं, "अब का बताएँ, उ नालायक मेरा रिटायरमेंट का सारा पैसा लगाकर सेकंड-हैंड ट्रक खरीद लाया था। एक पैसा भी लोन नहीं लिया था।"

गंगा प्रसाद की यह बात सुनकर सब चौंक जाते हैं।

"अब समझ गए हम! पहलवान को ये पता चल गया होगा, उसने बिल्डर के साथ प्लान बनाया। बिल्डर को माल मिल गया और पहलवान

को ट्रक!" दरोगा बाबू इसमें वास्तु बिल्डर को भी शामिल कर देते हैं।

"मैं तो कहता हूँ, बिल्डर पर ही केस कर देते हैं," मुंशी जी कहते हैं और चाय की लंबी चुस्की लेते हैं।

दरोगा बाबू इस बात को नकारते हुए कहते हैं, "कोर्ट-कचहरी से किसी का भला हुआ है आज तक? 15 लाख के लिए हम कितना खर्च कर सकते हैं? बिल्डर के लिए तो ये साधारण सी बात है। पर अब क्या, गंगा? रत्नाकर क्या कहता है?"

गंगा प्रसाद थके हुए स्वर में कहते हैं, "रत्नाकर क्या बोलेगा... अब तो उसे नौकरी ही करनी पड़ेगी। कोई प्राइवेट जॉब करेगा, लेकिन वो भी आजकल आसानी से नहीं मिलता। पता नहीं, कौन से कर्मों की सजा मिल रही है..." गंगा प्रसाद खुद को कोसने लगते हैं।

मुंशी जी अपनी चाय खत्म कर चुके हैं। वे खाली गिलास दिखाकर चायवाले को बुलाते हैं। चायवाले के आते ही दरोगा बाबू और मंगल प्रसाद भी अपनी-अपनी चाय खत्म कर लेते हैं। दरोगा बाबू और मंगल प्रसाद, मुंशी जी को चाय के पैसे देने का मौका देते हैं, लेकिन मुंशी जी की मंशा पैसे देने की नहीं है। मंगल प्रसाद चायवाले को खाता में लिखने का इशारा कर देते हैं।

दरोगा बाबू और मुंशी जी उठकर जाने लगते हैं, पर गंगा प्रसाद अभी भी वहीं बैठे हैं। मंगल प्रसाद उनके कंधे पर हाथ रखते हैं। गंगा प्रसाद, मंगल प्रसाद को देखते हैं। उनका घर जाने का मन नहीं कर रहा। मंगल प्रसाद भी उनके पास बैठ जाते हैं।

रत्नाकर बिस्तर पर लेटा हुआ है। उसकी माँ, पार्वती, उसके बगल में बैठी है। वह अनवरत छत को देखे जा रहा है।

"निराश मत हो, बेटा। सब ठीक हो जाएगा। तुम जो भी कर रहे हो, सोच-समझकर ही कर रहे होगे। इतना तो भरोसा है मुझे," पार्वती कहती है।

रत्नाकर माँ की ओर देखता है। पार्वती उसके सिर पर प्यार से हाथ फेरते हुए कहती है, "तुम्हारे बाबूजी भी तुम्हारा भला ही चाहते हैं। लेकिन बिना काम के मालती से शादी कैसे करोगे? ट्रक जब आएगा, तब आएगा। पर अभी तो कुछ करना होगा। मैं तो कहती हूँ, कोई नौकरी ही

कर लो!"

तभी बाबूजी के घर आने की आहट होती है। माँ उठकर दरवाजे के पास जाती है।

"हाथ-मुँह धो लीजिए, खाना लगा देती हूँ," पार्वती कहती है।

"नहीं, तुम्हारे सपूत ने भूख मार दी है," बोलकर गंगा प्रसाद अपने कमरे में चले जाते हैं।

पार्वती पलटकर रत्नाकर को देखती है, जो करवट बदलकर सो चुका है। वह लाइट बंद करके कमरे से बाहर चली जाती है।

सूर्योदय और सुबह-ए-बनारस की आरती न केवल अस्सी घाट, बल्कि पूरे शहर को एक नई शुरुआत देती है। सुबह-ए-बनारस की आरती, सांध्य आरती के विपरीत, बहुत शांति के साथ अस्सी घाट पर संपन्न होती है।

प्रॉपर्टी डीलर के ऑफिस में डीलर और रत्नाकर एक-दूसरे के सामने बैठे हैं। डीलर, दरोगा बाबू का बेटा है। वह रत्नाकर का हमउम्र तो नहीं, लेकिन उससे बहुत बड़ा भी नहीं है।

"बाबूजी ने बोला है, तो तुम्हें नौकरी तो देनी पड़ेगी। अभी धंधा थोड़ा मंदा चल रहा है। वैसे भी मेरे पास आदमी ज्यादा हैं और काम कम। लेकिन तुम चिंता मत करो, हम किसी को निकालकर, उसकी जगह तुम्हें..." कहकर प्रॉपर्टी डीलर रत्नाकर को ऐसे देखता है, जैसे वह उसके "ना" कहने का इंतजार कर रहा हो—ताकि सांप भी मर जाए और लाठी भी ना टूटे, और वह अपने पिताजी से कह सके कि रत्नाकर ने ही मना कर दिया।

"ऐसा मत करिए। मेरे लिए किसी को काम से मत निकालिए। अगर आपकी जान-पहचान में कहीं और कोई काम हो, तो बताइए," रत्नाकर आग्रह करता है।

"मेरा एक दोस्त है, उसके पास शायद काम मिल जाए। मैं फोन कर दूँगा। ये लो, उसका कार्ड," डीलर कहता है और कार्ड रत्नाकर के सामने रख देता है।

रत्नाकर कार्ड हाथ में लेकर उसे देखने लगता है।

रविदास पार्क के कोने में रत्नाकर और मालती बैठे आपस में बात कर रहे हैं।

"मुझे अच्छा लगा कि तुमने वह नौकरी नहीं की," मालती कहती है।

"अगर कर लेता तो?" रत्नाकर, खुद पर गर्व महसूस करते हुए पूछता है।

"मुझे पता है ना, तुम ऐसा कर ही नहीं सकते। चाहे जितनी भी कोशिश कर लो, पर तुमसे नौकरी नहीं होगी। क्योंकि तुम उसके लिए बने ही नहीं हो," मालती उसकी आँखों में झाँकते हुए कहती है।

"नौकरी के बिना तुम्हारे बाबूजी मानेंगे?" रत्नाकर निराश होकर पूछता है।

"उनको छोड़ो, मैं मना लूंगी। तुम तो अम्मा-बाबूजी का ध्यान रखो," मालती आत्मविश्वास के साथ कहती है और रत्नाकर का हाथ अपने हाथों में ले लेती है।

"वही तो मुश्किल है। बाबूजी चाहते हैं कि मैं नौकरी ही करूँ," रत्नाकर ऐसे कहता है जैसे यह असंभव सा काम हो और जाने के लिए खड़ा हो जाता है।

"उनकी खुशी भी ज़रूरी है।"

यह सुनकर रत्नाकर वापस बैठ जाता है और मालती की आँखों में देखने लगता है, जैसे किसी जवाब की तलाश कर रहा हो। मालती आँखों से इशारा करती है। रत्नाकर मुस्कुराते हुए उसे गले लगाने की असफल कोशिश करता है।

रत्नाकर और चवन्नी डाइनिंग टेबल पर बैठे हैं। आज पार्वती ने पनीर की सब्जी बनाई है। पनीर, रत्नाकर को बहुत पसंद है। दोनों ने अपनी-अपनी थालियों में सब्जी परोस ली है। पार्वती किचन से गरमागरम रोटियाँ लेकर आती है। चवन्नी बड़ी जल्दबाजी में खाना खा रहा है। यह देखकर पार्वती कहती है—

"कहीं जाना है क्या रे? आराम से खा।"

"जाना तो नहीं है कहीं, लेकिन अगर आज बाबूजी ददा को मेडल देने लगेंगे, तो हम ठीक से खा नहीं पाएँगे ना," चवन्नी पनीर का टुकड़ा मुँह में डालते हुए जवाब देता है।

तभी बाहर से आने वाली आवाज़ों से पता चलता है कि गंगा प्रसाद घर आ चुके हैं। घर में एकदम सन्नाटा छा जाता है। शांति इतनी गहरी है कि घड़ी की सेकंड वाली सुई की टिक-टिक हथौड़े की चोट जैसी सुनाई दे रही है। रत्नाकर और पार्वती थोड़ा सहम जाते हैं। चवन्नी और जल्दी-जल्दी खाने लगता है।

बाबूजी डाइनिंग टेबल पर आकर बैठ जाते हैं। चवन्नी को देखते हुए कहते हैं—

"आज हमारे पास मेडल होता, तो मैं अपने बेटे को ज़रूर देता।"

फिर एक थाली लेकर खाना निकालने लगते हैं। रत्नाकर आश्चर्य से अपने बाबूजी को देखने लगता है। माँ को भी हैरानी होती है। चवन्नी का मुँह खुला का खुला रह जाता है। यह देखकर गंगा प्रसाद कहते हैं—

"अरे, तुम खाना खाओ। दूसरे के पेट पर लात मारकर अपना खाना नहीं खाना चाहिए। आज मैं खुश हूँ कि रत्नाकर ने किसी और की नौकरी नहीं की। इंसानियत अभी भी बाकी है इसमें।"

चवन्नी अब बड़े आराम से खाने लगता है। माँ गर्व से रत्नाकर को देखती है। रत्नाकर को भी अच्छा लगता है। सभी खुशी-खुशी खाना खाने लगते हैं। बाबूजी मंद-मंद मुस्कुरा रहे हैं।

एक बड़े हॉल के अंदर लकड़ियों से जैसे-तैसे आधे रेल डिब्बे का ढांचा बना हुआ है। दस लोग लाइन में खड़े हैं, और पाँच लोग डिब्बे के दरवाजे पर खड़े हैं। उनकी ट्रेनिंग चल रही है। सभी ने नीले रंग का जंपसूट पहना हुआ है, बस इंस्ट्रक्टर के जंपसूट पर कंपनी का लोगो और स्वच्छ भारत अभियान का गांधी जी का चश्मा बना हुआ है।

इंस्ट्रक्टर अपना लेक्चर शुरू करता है—

"आज रेल डिब्बों में सबसे अच्छी बात यह है कि पान और गुटखा खत्म हो गए हैं। अब अगर कुछ बचा है तो वह है—मूंगफली के छिलके, चिप्स के रैपर, टेट्रा पैक और खाली पानी की बोतलें।"

इंस्ट्रक्टर के इशारे पर ट्रेनी डिब्बे के अंदर जाकर सफाई करने लगते हैं, या यूँ कहें कि इंस्ट्रक्टर के आदेश का पालन करने लगते हैं। इंस्ट्रक्टर का लेक्चर जारी रहता है—

"पहले दो लोग डिब्बे में जाएंगे। वे पॉलीथिन या डस्टबिन में यह सारी गंदगी उठाने के साथ-साथ यात्रियों के जूते-चप्पल करीने से सीटों के नीचे रख देंगे, ताकि पीछे आने वाले लोगों के लिए जगह बन जाए। उनके पीछे आने वाले कर्मचारी पूरे डिब्बे में हल्का फिनाइल छिड़कते चले जाएंगे। ध्यान रहे, फिनाइल में सेंट मिलाना ना भूलें। इसकी तेज़ गंध से यात्रियों को परेशानी होती है, इसलिए इसे पानी में मिलाकर हल्का करना ज़रूरी है। उसके बाद, पीछे आने वाला व्यक्ति पूरे डिब्बे में मोप लगाएगा। जब ये लोग सफाई करके बाहर निकल जाएंगे, तो..."

इंस्ट्रक्टर कुछ देर रुकता है, फिर आगे बोलता है—

"अब आपका सुपरवाइजर, जो सबसे पीछे होगा, डिब्बे में जाएगा। वह ऐसे यात्रियों को ढूंढेगा जो परिवारों के साथ सफर कर रहे हैं, जिनकी नई-नई शादी हुई हो, और उनसे फीडबैक फॉर्म भरवा लेगा—कम से कम पाँच यात्रियों से। बस, हो गया डिब्बा साफ! काम मुश्किल है?"

सभी ट्रेनी एक साथ चिल्लाते हैं—

"नहीं!"

इंस्ट्रक्टर सबको बारी-बारी से प्रैक्टिस करने के लिए कहता है, फिर रत्नाकर के पास आता है।

रत्नाकर हाथ जोड़ते हुए कहता है—

"नमस्कार! जी, मैं रत्नाकर!"

इंस्ट्रक्टर याद करने का अभिनय करते हुए कहता है—

"हाँ हाँ, याद आया! तुम्हारे लिए फोन आया था।"

"जी, नौकरी के लिए," रत्नाकर जवाब देता है।

"हाँ-हाँ, यही ट्रेनिंग है। शुरुआत आगे से होती है। शुरुआत में हर महीने 10,000 रुपये मिलेंगे," इंस्ट्रक्टर बताता है।

रत्नाकर कुछ सोचकर पूछता है—

"और सबसे पीछे वाले को, सर?"

इंस्ट्रक्टर हँसता है—

"आगे से पीछे आने में सालों लग जाते हैं। तब जाकर उन्हें 15 से 20 हज़ार रुपये महीने मिलते हैं और वे सुपरवाइजर बनते हैं।"

"मुझे तो पीछे वाला ही बनना है। मैं तो पढ़ा-लिखा भी हूँ," रत्नाकर बोलता है।

"कितना पढ़े हो?"

"ग्रेजुएट हूँ।"

इंस्ट्रक्टर पीछे घूमकर एक ट्रेनी को आवाज़ लगाता है। ट्रेनी पास आता है, तो इंस्ट्रक्टर उससे पूछता है—

"इसके अलावा तुम क्या कर रहे हो?"

"जी, मैं पीएचडी कर रहा हूँ," ट्रेनी जवाब देता है।

यह सुनकर रत्नाकर अचंभित रह जाता है। ट्रेनी वापस चला जाता है।

इंस्ट्रक्टर रत्नाकर से कहता है—

"शुरुआत तो आगे से ही करनी पड़ेगी। करना है तो बताओ, नहीं तो बहुत लोग लाइन में खड़े हैं। तुम्हारे लिए फोन आया था, इसलिए तुम्हें समय दे रहा हूँ। सोच-समझकर बताना, पर ज़्यादा देर मत लगाना।"

इतना कहकर इंस्ट्रक्टर ट्रेनिंग दोबारा शुरू करवाने के लिए आवाज़ लगाता है।

रत्नाकर संशय की स्थिति में वहीं खड़ा रह जाता है।

BHU गेट के पास, रत्नाकर, चवन्नी को बिना देखे पैदल गुजर जाता है। चवन्नी भी कहीं जा रहा होता है। वह आवाज़ लगाता है, लेकिन रत्नाकर नहीं सुनता। हारकर चवन्नी फोन करता है, पर रिंगटोन बजने के बावजूद रत्नाकर फोन नहीं उठाता।

चवन्नी दौड़कर आता है और पीछे से रत्नाकर को हल्का धक्का देते हुए पूछता है,

"क्या हुआ, सब ठीक तो है ना?"

रत्नाकर जैसे किसी गहरी सोच से बाहर आता है, "काहे? क्या हुआ?"

चवन्नी उत्सुकता से पूछता है, "नौकरी मिली?"

"नौकरी मिली भी और नहीं भी," रत्नाकर जवाब देता है।

चवन्नी यह वाक्य दोहराते हुए समझने की कोशिश करता है, लेकिन जब बात समझ नहीं आती, तो वह रत्नाकर को चाय पीने का ऑफर देता है। दोनों पप्पू चाय वाले के पास चाय पीने जाते हैं।

पप्पू चाय की दुकान

इस दुकान का असली नाम "पप्पू की अड़ी" है। इसे ब्रिटिश भारतीय सेना के एक पूर्व सैनिक, बलदेव सिंह ने वाराणसी में स्थापित किया था। देश के प्रधानमंत्रियों की कृपा से यह शहर का मशहूर सेल्फी प्वाइंट बन चुका है।

चवन्नी चाय का ऑर्डर देता है।

कोयले से जलने वाली भट्टी पर पानी उबल रहा है। गिलास में गाढ़ा दूध और चीनी मिलाई जाती है। फिर छलनी में चाय की सूखी पत्तियों के साथ अन्य मसाले रखकर उबलते पानी को गिलास में छाना जाता है।

चवन्नी चाय का गिलास पकड़ते हुए कहता है,

"दादा, चाय तो सब बनाते हैं, पर इसका तरीका ही अजब है। क्या आइडिया लगाया, एकदम धांसू!"

रत्नाकर शांत रहता है। वह बस चाय बनाने की पूरी प्रक्रिया को बहुत गौर से देख रहा होता है।

रात में घर पर, गंगा प्रसाद और रत्नाकर खाना खा रहे हैं। दोनों आमने-सामने बैठे हैं, और बीच में पार्वती बैठी हैं। रत्नाकर अपनी प्लेट में खीर डाल रहा होता है।

गंगा प्रसाद पार्वती से कहते हैं,

"बाबू साहब के लिए सब कुछ तय कर दिया गया था। सरकारी नौकरी भी मिल रही थी। लेकिन नहीं, बिज़नेस करेंगे! और वह भी नहीं चला पाए। एक नहीं, दो नहीं, चार-चार बिज़नेस डुबो दिए। अब नौकरी करनी है, वो भी अपनी मर्जी से!"

रत्नाकर खीर छोड़ देता है।

"पसंदीदा नहीं, लेकिन कम से कम, काम तो ढंग का होना चाहिए। क्या काम था? ट्रेन में सफाई!"

वह हाथ से पोछा मारने का इशारा करते हुए कहता है,

"लोगों की गंदगी साफ करो!"

गंगा प्रसाद खीर की कटोरी उठाते हुए कहते हैं,

"तुमसे कुछ नहीं होगा! न बिज़नेस, न नौकरी। काम, काम होता है! शुरुआत में सुपरवाइज़र?!"

रत्नाकर जवाब देता है,

"अपनी योग्यता के हिसाब से काम करना चाहिए। पूर्ण बेरोज़गारी, अर्ध-रोज़गार से बेहतर है।" वह रोटी तोड़ता है।

गंगा प्रसाद कटाक्ष करते हैं,

"अभी भी अपने रिटायर्ड बाप के सहारे बैठे हो, और अर्ध-बेरोज़गारी और पूर्ण बेरोज़गारी की बातें कर रहे हो!"

गंगा प्रसाद का यह सुनते ही रत्नाकर खाना छोड़कर अपने कमरे की ओर बढ़ने लगता है। पार्वती उसे रोकने की कोशिश करती है, लेकिन वह नहीं रुकता।

गंगा प्रसाद को इससे कोई फर्क नहीं पड़ता। वे आराम से खीर खाते रहते हैं।

रत्नाकर बिस्तर पर लेटा हुआ छत को घूर रहा होता है। पार्वती खाने की थाली लेकर आती है और पास बैठकर उसे खिलाने लगती है।

"खाना छोड़कर काहे आ गए?" पार्वती पूछती है।

रत्नाकर उठकर बैठ जाता है,

"तो क्या बैठकर बाबू जी का प्रवचन सुनता?"

पार्वती, उसके मुँह खाली होने का इंतज़ार करते हुए कहती है,

"इसे प्रवचन नहीं, अनुभव बोलते हैं। और सही भी तो है।"

"क्या सही है?" रत्नाकर सवाल करता है।

"तुम समझते काहे नहीं हो? मैं तो बस यही चाहती हूँ कि मरने से पहले पोते-पोतियों का सुख भोग लूँ। जब तक मन का काम नहीं मिलता, तब तक ये नौकरी कर लो। कम से कम मेरे और मालती के लिए।"

इसी बीच मोबाइल बजता है।

रत्नाकर "हाँ, ना, ठीक है" कहकर फोन काट देता है।

माँ पूछती हैं,

"किसका फोन था?"

"चवन्नी का... काम के बारे में बता रहा था। कल मिलने को बोला है। चलो, अब सोने दो, बहुत देर हो गई है।"

रत्नाकर लेटकर करवट बदल लेता है।

माँ उसकी बेरुखी देखकर लाइट बंद करके चली जाती हैं।

कोयले के छोटे-बड़े टीलों के बीच एक ट्रक खड़ा है। कुछ मज़दूर उसमें कोयला भर रहे हैं। इन टीलों के बीच एक छोटी-सी झोपड़ी है, जो इस कोल डिपो का ऑफिस लग रही है। झोपड़ी के बाहर, कुर्सी पर कोल डिपो का मालिक बैठा हुआ है। वह देखने में ही दबंग लगता है।

रत्नाकर और चवन्नी उसके सामने खड़े बात कर रहे हैं।

"नौकरी? यहाँ कौन तुम्हें नौकरी देगा? चवन्नी ने नहीं बताया क्या? हमें तो पार्टनर चाहिए, पार्टनर! दो लाख लगाओ, तीन महीने में डबल हो जाएगा, गारंटी!"

यह कहते हुए, कोल डिपो का मालिक गमछे को सिर पर पगड़ी की तरह बाँधने लगता है।

रत्नाकर, चवन्नी को खा जाने वाली नज़रों से देखता है। चवन्नी थोड़ा पीछे हट जाता है।

"देखो भाई, हम तुम्हारा पार्टनर तो बन सकते हैं, पर अभी पैसा नहीं दे सकते। मंज़ूर हो तो बोलो," रत्नाकर हिचकिचाते हुए कहता है।

कोल डिपो का मालिक ज़ोर से हँसने लगता है। हाथ जोड़कर कहता है,

"नहीं प्रभु, आप जा सकते हैं!"

पास खड़े कुछ मज़दूर भी हँसने लगते हैं।

रत्नाकर को बेइज़्ज़ती महसूस होती है। वह पीछे मुड़कर चवन्नी को देखता है। चवन्नी दो कदम और पीछे हट जाता है। कोल डिपो का मालिक समझ जाता है कि आज चवन्नी की पिटाई तय है। वह आगे बढ़ता है, रत्नाकर के कंधे पर हाथ रखकर उसे थोड़ा अलग ले जाता है और कहता है,

" देखो जीवन में रोजगार का तीन ही नियम है। पहला, अगर आपके पास पूंजी है तो किसी सफल बिज़नेस मॉडल का नक़ल कीजिये। आपकी रोज़ी-रोटी सुरक्षित रहेगी। दूसरा, अगर आपके पास पूँजी नहीं है, लेकिन फिर भी आप बिज़नेस करना चाहते हैं, तो कोई ओरिजिनल आइडिया खोजिये। समस्या ढूंढिए या पैदा कीजिये और फिर उसका उपाय बेचिये। यही तो है आज - कल का स्टार्टअप। और अगर ये दोनों नहीं है आपके पास तो तीसरा, चुप - चाप नौकरी कर लीजिये।"

रत्नाकर उसकी बात सुनकर सोचने लगता है।

"चलो जाओ अभी, जब पूंजी हो तो आ जाना, पार्टनर बना लेंगे। अभी टाइम मत खराब करो," कहकर वह जाने का इशारा करता है।

रत्नाकर जैसे ही जाने के लिए मुड़ता है, चवन्नी दौड़कर भागने लगता है। रत्नाकर भी उसे पकड़ने के लिए दौड़ पड़ता है।

3

आईडिया

दोपहर के समय अस्सी घाट पर बहुत कम लोग हैं। पास के वृद्धाश्रम के विश्वास, उत्तम, धानी, वरुण और कुछ अन्य बुज़ुर्ग बैठे हुए हैं। वे आपस में हँसी-मज़ाक कर रहे हैं। ये लोग रोज़ाना यहाँ बैठते हैं।

इन्हीं के बीच करीब दस साल का एक लड़का कुछ सामान बेच रहा है।

पेड़ के दूसरी तरफ रत्नाकर और मालती बैठे हुए हैं। रत्नाकर उस लड़के को देख रहा है, जो अपने झोले से शेविंग किट, ब्लेड, कंघी जैसी चीज़ें निकालकर बुज़ुर्गों को दिखा रहा है।

रत्नाकर चुप है, तो मालती भी चुप है।

मालती, रत्नाकर को आकर्षित करने के लिए उसकी आँखों में झाँकने लगती है। रत्नाकर अपना चेहरा घुमा लेता है।

आखिरकार, मालती उसका कंधा झकझोरते हुए पूछती है,

"नौकरी और बिज़नेस के बीच लड़ाई हो रही है क्या?"

रत्नाकर गहरी साँस लेते हुए जवाब देता है,

"बाबूजी कहते हैं कि मुझसे बिज़नेस नहीं होगा। तुम कहती हो कि मुझे नौकरी नहीं मिलेगी। मुझे समझ नहीं आ रहा कि मैं क्या करूँ?"

इसी बीच लड़का उनके सामने खड़ा हो जाता है।

"चूड़ी, बिंदी, नेल पॉलिश, बटन दिखाऊँ क्या?"

मालती उसे जाने का इशारा करती है।

लड़का रत्नाकर से पूछता है,

"भैया, भाभी को दिखा दूँ?"

और बिना जवाब सुने अपने झोले से एक पैकेट निकालकर उनके सामने रख देता है।

उस पैकेट में चूड़ियाँ, बिंदी, नेल पॉलिश, झुमके आदि बड़े करीने से सजे हुए हैं। उन्हें देखकर अनायास ही रत्नाकर के मुँह से निकलता है,

"अरे वाह! पैकिंग बहुत अच्छी है। कितने के दिए?"

" ₹100 मात्र," लड़का जवाब देता है।

मालती झुमके निकालकर अपने कानों पर लगाने लगती है।

लड़का तुरंत बोलता है,

"देखिए तो, कितना सुंदर लग रहा है!"

रत्नाकर और मालती हँसने लगते हैं।

"एक दे दो," रत्नाकर पैसे निकालने लगता है।

"नहीं, रहने दो, मुझे नहीं चाहिए," मालती मना कर देती है।

लड़का मुस्कुराते हुए कहता है,

"दुकान आपके पास आई है, नहीं तो आपको दुकान जाना पड़ेगा। जाने का खर्चा भी लगेगा। यह महँगा नहीं है, दुकान में जाकर खरीदने से तो सस्ता ही है। हम आपको दुकान जाने की समस्या से छुटकारा दिला रहे हैं!"

कहते हुए वह रत्नाकर के हाथ से ₹100 का नोट ले लेता है।

मालती डिब्बे में बाकी चीज़ें देखने लगती है।

वहीं, लड़का बगल में खड़े पर्यटकों को आईना बेचने लग जाता है।

रत्नाकर चुपचाप उसे देखता रहता है।

उस रात, रत्नाकर को नींद नहीं आ रही। वह करवटें बदल रहा है। कभी उठकर बैठ जाता है। किसी गहरी सोच में डूबा हुआ है।

अस्सी घाट की एक सामान्य सुबह।

रत्नाकर घाट पर बैठा हुआ है। उसके पास ही विशवास, उत्तम, धनी, वरुण और अन्य बुज़ुर्ग बैठे हैं, जो आपस में हंसी-मज़ाक कर रहे हैं। रत्नाकर उन्हें नज़रअंदाज़ करना चाहता है, लेकिन ऐसा कर नहीं पाता। तभी नदी में एक लाश तैरती हुई आती है और उनके सामने ठहर जाती

है।

विश्वास लाश का मुआयना करता है, फिर सबसे पूछता है, "हत्या या आत्महत्या?"

सभी बुजुर्ग लाश को देखने लगते हैं।

आसपास के 2-3 कुत्ते लाश की ओर बढ़ने लगते हैं, लेकिन लोग चिल्लाकर उन्हें भगा देते हैं। कोई सफाईकर्मी को बुलाता है।

"आज कुत्तों की तो पार्टी ही खराब हो गई, कुछ भी हाथ नहीं लगा," विश्वास कहता है।

"चुप रहो, क्या बोल रहे हो! लाश को तो देखो, हमारी उम्र का नहीं लगता?" उत्तम, विश्वास को चुप कराने के लिए कहता है।

लेकिन विश्वास पर इसका कोई असर नहीं पड़ता। वह फिर से पूछता है, "हत्या या आत्महत्या?"

सफाईकर्मी आ जाते हैं। वे लाश को पानी में ही बहा देना चाहते हैं, लेकिन इस प्रयास में लाश और खराब हो जाती है। लाश को बाहर निकालने की बात होती है, मगर सफाईकर्मी बिना पुलिस के उसे हाथ लगाने से इनकार कर देते हैं। इसी मुद्दे पर बहस छिड़ जाती है, जिससे बुजुर्गों को परेशानी होने लगती है।

विश्वास फिर सबका ध्यान भटकाने के लिए पूछता है, "बोलो, हत्या या आत्महत्या?"

"भाई, ये कुछ भी हो सकता है," धनी धीरे से कहता है।

सभी बुजुर्ग वरुण बाबू की ओर एक्सपर्ट कमेंट्स की उम्मीद में देखने लगते हैं।

"देखने से लगता है कि ये भी हमारी तरह ही था। तंगी होगी या परिवार से लगाव... चला गया," वरुण बाबू कहते हैं। उनकी बातों से लगता है कि वे विषयांतर करना चाहते हैं।

"डर लगता है, कहीं हमारी भी ऐसी हालत न हो," धनी कहता है और मुद्दा बनाए रखता है।

रत्नाकर उनकी बातें बड़े ध्यान से सुन रहा है।

"तुम लोग डर क्यों रहे हो? हम सब एक-दूसरे के साथ हैं ना," वरुण बाबू धनी को हौसला देते हुए कहते हैं।

"क्या पता, ये भी किसी वृद्धाश्रम में ही रहता हो। अब इसका अंतिम संस्कार ठीक से होगा या नहीं, भगवान ही जाने," विश्वास आशंका व्यक्त करता है।

विश्वास की बातें सबको निराश करने लगती हैं। इस बीच, रत्नाकर की आंखें चमकने लगती हैं। उसके दिमाग में कुछ चलने लगता है। वह घाट की दो सीढ़ियां नीचे उतरकर बुजुर्गों के बीच पहुंच जाता है।

"नमस्कार! आप लोग तो लाश देखकर परेशान हो गए, क्यों?" वह पूछता है।

"परेशानी नहीं, चिंता हो रही है। कम से कम इसका अंतिम संस्कार तो ठीक से होना चाहिए," धनी जवाब देता है।

"तो आप लोगों को अपने अंतिम संस्कार की चिंता हो रही है?" रत्नाकर सभी को संबोधित करते हुए पूछता है।

"चिंता है, डर नहीं," उत्तम जवाब देता है।

इसी बीच, पुलिस घाट पर पहुंच जाती है और लाश को निकालने लगती है।

वरुण बाबू सबको चलने के लिए कहते हैं। सभी बुजुर्ग "हां-हां" कहते हुए वहां से जाने लगते हैं।

रत्नाकर वहीं सीढ़ियों पर बैठकर उन्हें जाता हुआ देखता है। उसके चेहरे पर एक अजीब सी चमक और आत्मविश्वास है, जैसे उसे कोई खज़ाना मिल गया हो।

4

स्टार्टअप

अगले दिन, रत्नाकर को घाट पहुंचने में देर हो जाती है। सुबह की सैर करने वाले लौट चुके हैं। कसरत करने वाले लड़के भी जा चुके हैं। सभी बुजुर्ग अपनी तय जगह पर शांत बैठे हैं। रोज़ाना की तरह उनके चेहरों पर कोई उत्साह नहीं दिख रहा है।

आज किसी ने रत्नाकर के "नमस्कार" का जवाब भी नहीं दिया।

वह उनके पास जाकर खड़ा हो जाता है।

आज उनमें आपसी हंसी-मज़ाक भी नहीं हो रही। घाट पर फूल-माला की दुकानें खुलने लगी हैं। चायवाला भी दुकानदारों को चाय पिलाने आ गया है।

रत्नाकर उसे देखते ही आवाज़ लगाता है, "सबको चाय पिलाओ।"

चायवाला उनके पास आता है। उसके एक हाथ में कोयले का चूल्हा है, जिस पर चाय की केतली रखी है। वह दोनों टिन की बाल्टियों में सेट है। दूसरे हाथ में एक बाल्टी है, जिसमें चाय बनाने का सामान—चायपत्ती, चीनी, कप आदि रखे हैं।

वह रत्नाकर को चाय देता है। रत्नाकर चाय विश्वास को पकड़ाता है।

विश्वास, रत्नाकर और चायवाले को देखता है। वह सोच में पड़ जाता है कि चाय ले या नहीं।

रत्नाकर दोबारा चाय उसकी ओर बढ़ाता है। विश्वास, वरुण बाबू की ओर देखता है, जो उसे चाय ले लेने का इशारा करते हैं।

"मुझे नींबू चाय दो, दूध वाली चाय से गैस हो जाती है," विश्वास कहते हुए चाय का कप धनी को पकड़ाता है।

चायवाला नींबू चाय बनाने लगता है।

"और आप?" रत्नाकर, उत्तम से पूछता है।

"मुझे नहीं चाहिए," उत्तम जवाब देते हैं।

लेकिन जब रत्नाकर आग्रह करता है, तो वे कॉफी ले लेते हैं।

वरुण बाबू यह सब देख रहे थे। चायवाला उन्हें भी चाय देता है।

वे चाय लेकर रत्नाकर के बगल में खड़े हो जाते हैं।

"कल वाली बात से आप सब परेशान हो गए हैं, ना? चिंता की बात भी है। आप लोग वृद्धाश्रम में रहते हैं, तो आपके अंतिम संस्कार का क्या होगा? कौन करेगा?" रत्नाकर, वरुण बाबू से कहता है।

वरुण बाबू शांत हैं।

"चिंता की बात तो है ही। उम्र हो गई है," धनी कहते हैं।

"हां भाई, कभी भी बुलावा आ सकता है," विश्वास उनकी बात को आगे बढ़ाता है।

"हां, और आपका यहां कोई है भी नहीं, जो कम से कम आपके अंतिम संस्कार की व्यवस्था करे," रत्नाकर कहता है।

चायवाले को पैसे देते हुए वह सभी के चेहरे के भाव पढ़ने लगता है।

"कल ही, यहां एक बूढ़े का सड़ा-गला शव पड़ा था। निकालते वक्त आधा तो पानी में बह गया। अब उसका पोस्टमार्टम हुआ होगा या नहीं, और अंतिम संस्कार ठीक से हुआ होगा या नहीं, भगवान ही जाने," चायवाला पैसे लौटाते हुए कहता है।

वरुण बाबू को उसकी बातें अच्छी नहीं लगतीं। वे चाय नीचे रखकर जाने लगते हैं।

उनका अनुसरण सभी बुजुर्ग करते हैं।

चायवाला आश्चर्य में पड़ जाता है कि उसने ऐसा क्या कह दिया जो सभी नाराज़ हो गए।

वहीं, रत्नाकर कुटिलता से मुस्कुराने लगता है।

राजा हरिश्चंद्र घाट के बाहर लकड़ी की कई दुकानें हैं। एक दुकान के बाहर चवन्नी अकेला खड़ा है। तभी रत्नाकर वहाँ आता है। दोनों दुकान

के अंदर जाते हैं।

दुकान के दरवाजे से लेकर गली तक, लकड़ियाँ दीवारों के सहारे सजी हुई हैं, जो छत तक ऊँची हैं। आम, बेल, चंदन आदि की लकड़ियों को अलग-अलग रखा गया है। इनके बीच में मिली-जुली लकड़ियों का एक बड़ा ढेर है, जिसके बगल में तराजू रखा है। वहीं पास में गल्ला (कैश काउंटर) भी है।

इस दुकान को रहमत चलाता है, लेकिन मालिक कोई और है। रहमत की उम्र रत्नाकर से कुछ साल ज्यादा होगी, लेकिन देखने में दोनों हमउम्र लगते हैं। वह अपने परिवार का अकेला कमाने वाला है और हमेशा कोई नया काम शुरू करने की कोशिश में लगा रहता है।

"7 मन आम, 1 मन बेल और 1 मन चंदन छिलका—कुल 9 मन लकड़ी का क्या भाव चल रहा है?" रत्नाकर रहमत से पूछता है।

रत्नाकर के अंदाज से रहमत समझ जाता है कि यहाँ कुछ अलग मामला है।

"दस हजार, घाट पर पहुँचा कर," रहमत जवाब देता है।

"सबका अलग-अलग रेट बताइए," रत्नाकर पूछता है।

"देखिए, घाट पर दो ही रेट चलते हैं—आठ हजार और दस हजार। आठ हजार में चंदन को छोड़कर बाकी लकड़ियाँ मिल जाएँगी, मिक्स।" रहमत एक लकड़ियों के ढेर की ओर इशारा करते हुए कहता है, "और दस हजार में आप अपने हिसाब से आम, बेल और चंदन मिलवा सकते हैं।"

"और अगर बल्क डील करूँ तो क्या डिस्काउंट मिलेगा?"

"बल्क डील?" रहमत संदेह से देखता है। उसके अनुभव से लगता है कि यहाँ कुछ और चल रहा है। "आपका कोई नहीं मरा है, इसलिए बार्गेनिंग कर रहे हैं? अरे जब होगा तो आ जाइएगा, कर देंगे कुछ न कुछ।"

"हम पहले से तय कर लेना चाहते हैं। कब-कब जरूरत पड़ेगी, हम नहीं जानते ना!" रत्नाकर कहता है।

चवन्नी को कुछ समझ नहीं आ रहा कि रत्नाकर ये सब क्यों पूछ रहा है।

"कब-कब जरूरत पड़ेगी? सब ठीक तो है? माँ-बाप, सास-ससुर सब एक साथ हॉस्पिटल में तो नहीं पहुँच गए?" रहमत और गहराई में जाने की कोशिश करता है।

"नहीं-नहीं, कुछ अनहोनी नहीं हुई है। ये लोग जो बनारस आते हैं ना, मोक्ष के लिए... उन सब का अंतिम संस्कार हम ही करवाने की सोच रहे हैं। इसलिए बल्क डील का रेट तय करना चाह रहे हैं। तो बताइए, आप क्या ऑफर देंगे?"

रत्नाकर की बात सुनते ही चवन्नी जोश में चिल्लाता है, "वाह! क्या बात है! ये है तोड़ू-फोड़ू, ओरिजिनल आइडिया! अब हम करेंगे बिजनेस!"

रत्नाकर को अपने ऊपर गर्व महसूस होता है।

"चलो, किसी ने तो शुरू किया!" रहमत कहता है। "मैं तो बहुत पहले से सोच रहा था कि इसे किसी ने बिजनेस क्यों नहीं बनाया। चलिए, आप शुरू कर रहे हैं तो हम आपको पूरा सपोर्ट करेंगे। आपको सात हजार का रेट लगा देंगे, लेकिन सभी बुकिंग हमारे पास ही आनी चाहिए।"

"आप चिंता मत करो। जैसे-जैसे नए क्लाइंट जुड़ते जाएँगे, एडवांस देते जाएँगे। समझे?" रत्नाकर रहमत की ओर हाथ बढ़ाता है।

रहमत हाथ मिला लेता है।

नई शुरुआत की मिठास

इस नई शुरुआत को रत्नाकर सेलिब्रेट करना चाहता है। दोनों कुल्फी खरीदते हैं और घाट की सीढ़ियों पर बैठकर कुल्फी का मज़ा लेने लगते हैं।

"आइडिया तो बढ़िया है, लेकिन घर में कैसे बताएगा?" चवन्नी कुल्फी खाते हुए पूछता है।

"बताने की क्या जरूरत है? उनको अपने-आप पता चल जाएगा," रत्नाकर मुस्कुराकर जवाब देता है।

"फिर जो महाभारत होगा, उसका क्या? उसके लिए भी कोई तैयारी की है ना?" चवन्नी, बाबूजी के गुस्से को ध्यान में रखते हुए बोलता है।

"उनकी चिंता मत करो। बाबूजी को आज नहीं तो कल मना लूँगा," रत्नाकर आत्मविश्वास से कहता है।

"और मंगल प्रसाद जी का क्या? शादी करनी है तो नौकरी..."

रत्नाकर बीच में ही चवन्नी की बात काटते हुए कहता है, "अब तुम नौकरी का राग मत अलापो। मालती है ना, वो अपने बाबूजी को मना लेगी।"

"तब तो कोई बात ही नहीं है!" कहते हुए चवन्नी कुल्फी का आनंद लेने लगता है।

हर सुबह की तरह अस्सी घाट पर सभी बुजुर्गवार अपने नियमित स्थान पर बैठे हुए हैं। आज भी उनके बीच कोई हंसी-मजाक नहीं हो रहा है। सभी यंत्रवत् बैठे हैं। रत्नाकर भी वहीं बैठा है। वह कुछ कहना चाहता है, लेकिन कह नहीं पाता। माहौल ही कुछ ऐसा बना हुआ है।

अचानक, रत्नाकर खड़ा होता है।

"मेरे दिमाग से परसों वाली घटना निकल ही नहीं पा रही है। मैं सोच रहा हूँ, कहीं घूम आऊँ," वह वरुण बाबू से कहता है।

सभी बुजुर्गवार रत्नाकर को देखने लगते हैं। वरुण बाबू कोई प्रतिक्रिया नहीं देते।

रत्नाकर उनका हाथ पकड़कर उठाते हुए कहता है, "चलिए, आप भी मेरे साथ चलिए। एक बार फिर बनारस को ज़िंदगी की आँखों से देखिए। माहौल बदलेगा।"

वरुण बाबू हाथ छुड़ाना चाहते हैं, लेकिन रत्नाकर उन्हें लगभग खींचने लगता है।

"आप लोग भी चलिए," वह बाकी बुजुर्गों से कहता है।

यह सुनते ही सभी बुजुर्गवार खड़े होने लगते हैं। वरुण बाबू का मन नहीं है, लेकिन जब वे अपने साथियों को उठते हुए देखते हैं, तो वह भी रत्नाकर के साथ चल पड़ते हैं। रत्नाकर फोन निकालकर किसी से बात करता है।

विक्रम ऑटो की अगली सीट पर रत्नाकर टूर गाइड की तरह बैठा है, जबकि चवन्नी ऑटो में पीछे लगभग लटका हुआ है। रत्नाकर सबको गोविंदपुरा ले जाता है, जहाँ प्रसिद्ध नीलू कचौरी भंडार है। वहाँ सभी नाश्ता करते हैं।

इसके बाद, ऑटो बनारस हिंदू विश्वविद्यालय के रास्ते से होते हुए भारत कला भवन पहुँचती है। यह संग्रहालय विभिन्न कालखंडों से जुड़ी

कलाकृतियों, अवशेषों और चित्रों का समृद्ध संग्रह है। बुजुर्गों को तिजोरी खंड, जहाँ सोने, प्लैटिनम और जेड से बनी कलाकृतियाँ रखी हैं, देखने में बहुत मज़ा आता है।

यहाँ से सब लोग संकट मोचन मंदिर जाते हैं। मंदिर से निकलते-निकलते दोपहर हो जाती है। रत्नाकर सभी को बाटी चोखा रेस्टोरेंट लेकर जाता है। बुजुर्गों को पैसे देने की झंझट नहीं है, इसलिए सभी आनंद लेकर खाना खाते हैं।

जंतर मंतर में घूमते-घूमते शाम के चार बज चुके हैं। रत्नाकर और चवन्नी सबको लेकर दशाश्वमेध घाट पहुँचते हैं, जहाँ एक नाव उनका इंतज़ार कर रही होती है। सभी नाव में सवार होकर गंगा विहार के लिए निकल पड़ते हैं।

नाव जैसे ही मणिकर्णिका घाट पहुँचती है, वह रुक जाती है। कहा जाता है कि इस घाट पर अंतिम संस्कार की अग्नि कभी शांत नहीं होती। यहाँ शवों के आने और उनके दाह संस्कार का सिलसिला सतत चलता रहता है।

बुजुर्ग यह सब देखकर दुखी हो जाते हैं। वे छोटे-छोटे बच्चों को लाशों के कफन चुराते और गंगा में डुबकी लगाकर नदी में दान किया गया पैसा निकालते हुए देखते हैं। यह दृश्य देख रत्नाकर नाविक से वापस चलने को कहता है।

अंत में, सभी दशाश्वमेध घाट पहुँचते हैं, जहाँ संध्या आरती हो रही होती है। आरती के बीच में ही सभी बुजुर्ग जाने लगते हैं। रत्नाकर और चवन्नी भी उनके पीछे-पीछे चल पड़ते हैं।

वृद्धाश्रम के ड्राइंग रूम में सभी बुजुर्गवार बैठे हुए हैं। यह आश्रम अस्सी घाट के बाहरी इलाके में एक पुरानी हवेली में स्थित है। इस हवेली ने लगभग पचास से अधिक वसंत देखे होंगे। चारदीवारी इतनी ऊँची है कि सड़क से हवेली दिखाई नहीं देती। अहाता इतना बड़ा है कि उसके गेट और हवेली के बीच फुटबॉल मैच खेला जा सकता है। कभी यह बाग-बगीचों से गुलजार रहा होगा, लेकिन अब देखभाल के अभाव में कुछ ही पेड़ बचे हैं।

रत्नाकर और चवन्नी एक कोने में खड़े हैं। माहौल एकदम शांत है। रत्नाकर अपना गला साफ करते हुए बोलना शुरू करता है—

"मृत्यु तो जीवन का अटल सत्य है। सोलह संस्कारों में अंतिम संस्कार भी शामिल है—दाह संस्कार, पंच तत्वों में विलीन होने की प्रक्रिया। देखिए, अंतिम संस्कार एक नहीं, बल्कि दो क्रियाएँ हैं—पहला, दाह संस्कार और दूसरा, श्राद्ध कर्म। श्राद्ध कर्म उतना ही आवश्यक है जितना कि दाह संस्कार। दाह संस्कार तो लावारिस लाशों का भी हो जाता है। क्या आप अपने लिए भी यही चाहते हैं?"

विश्वास के दिमाग में चायवाले की बात घूमने लगती है—

"कल भी यहाँ एक बुड्ढे की सड़ी हुई लाश पड़ी थी। निकालते समय आधा तो पानी में बह गया। अब आधी लाश का क्या पोस्टमार्टम हुआ होगा और क्या अंतिम संस्कार! भगवान जाने।"

रत्नाकर अपनी बात जारी रखता है—

"लाश वाली घटना के बाद आप सभी काफी परेशान हैं, और यह मुझे भी परेशान करता है। केवल अंतिम संस्कार को लेकर आपकी चिंता है। बनारस में तो आप जैसे बहुत से लोग बैकुंठ धारी होने के लिए आते रहते हैं। आपस में मिल-जुलकर एक-दूसरे का अंतिम संस्कार कर सकते हैं। इसमें कोई परेशानी नहीं है।"

"हाँ-हाँ, दादा एकदम सही कह रहे हैं। आप लोग अंतिम संस्कार तो कर ही सकते हैं...अगर घाट पर कफन बचा सकें तो!" चवन्नी, रत्नाकर की बात में वज़न डालने के लिए कहता है।

सभी बुजुर्ग एक-दूसरे को देखने लगते हैं। उनके चेहरों पर चिंता की लकीरें उभरने लगती हैं।

"अगर केवल अंतिम संस्कार ही आपकी चिंता का विषय है, तो मैं आपको इस चिंता से मुक्त कर सकता हूँ। मुझे अपना पुत्र समान समझें," रत्नाकर हाथ जोड़ते हुए कहता है।

"पुत्र समान? पुत्र नहीं? हमारे लिए तुम यह क्यों करना चाहते हो? कुछ न कुछ लालच तो होगा तुम्हारा," वरुण बाबू कहते हैं। उनके इतना कहते ही बाकी बुजुर्ग भी सहमति में सिर हिलाते हैं।

"कोई लालच नहीं है। उम्र बढ़ने के साथ हर किसी के मन में अपने अंतिम संस्कार को लेकर कुछ न कुछ इच्छा होती ही है। जैसे कोई चाहता है कि उसकी अर्थी चंदन की लकड़ी से सजे, कोई चाहता है कि सिर्फ घी का प्रयोग हो, वगैरह-वगैरह। आप लोग मुझे बताइए कि आप अपना अंतिम संस्कार कैसे चाहते हैं। मैं इसकी पूरी जिम्मेदारी ले लूँगा। आपको बस रजिस्ट्रेशन कराना होगा, बाकी सब मेरा काम। संक्षेप में—आपका अंतिम संस्कार, आपकी इच्छा के अनुसार, हमारे द्वारा!" रत्नाकर सबकी आँखों में झांकते हुए कहता है।

विश्वास रत्नाकर के पास आता है और मुड़कर बाकी लोगों से कहता है—

"हमें इसका प्रस्ताव मान लेना चाहिए।"

"कैसे मान लेना चाहिए?" धनी पूछता है।

"देखो, वरुण जी की कृपा से हमारा रहना-खाना तो हो ही जाता है। लेकिन आज नहीं तो कल, हमें जाना तो पड़ेगा ही न?"

"इसमें कृपा वाली बात कहाँ से आ गई? अकेले रहने से मिल-जुलकर रहना बेहतर है। पर असली मुद्दा यह है कि हमें यह प्रस्ताव मानना चाहिए या नहीं?" वरुण बाबू, विश्वास की बात काटते हुए कहते हैं।

सभी बुजुर्ग कृतज्ञता से वरुण बाबू की ओर देखते हैं।

"हम एक-दूसरे का सहारा तो बने हुए हैं, लेकिन क्या हम अपने दम पर अपने अंतिम संस्कार की व्यवस्था कर सकते हैं?" धनी जी अपनी शंका प्रकट करते हैं।

रत्नाकर समझ जाता है कि विश्वास और धनी जी अपने अंतिम संस्कार को लेकर चिंतित हो चुके हैं। वह इन्हीं दोनों को समझाने पर ज़ोर देना चाहता है। वह धनी जी के पास जाकर कहता है—

"यही तो हम कह रहे हैं। आप लोग अपनी अंतिम विदाई की ज़िम्मेदारी मुझे सौंप दीजिए। आम, चंदन और बेल की लकड़ी, फूल, घी, ब्राह्मण—सब कुछ मिलाकर 21,000 रुपये का पैकेज है। गौदान के लिए 5,000 रुपये अलग से।"

"पूरा बिज़नेस प्लान तैयार कर रखा है! इतना कुछ सोच रखा है?" वरुण बाबू विस्मित होकर कहते हैं।

विश्वास और धनी पैसे को लेकर आपस में कानाफूसी करने लगते हैं। यह देखकर रत्नाकर उनके करीब जाकर कहता है—

"अभी भी कुछ अपने साथ ले जाने का इरादा रखते हैं क्या?"

दोनों गंभीर हो जाते हैं।

"अपने पास कुछ हो तब तो! सब कुछ तो परिवार को समर्पित कर चुके हैं। जानते हो, मैं यहाँ कैसे पहुँचा?"

रत्नाकर और चवन्नी सिर हिलाकर न में जवाब देते हैं। वरुण बाबू नाराज़गी से उन्हें देखते हैं और कहते हैं—

"विश्वास, अपनी कहानी मत सुनाओ।"

लेकिन विश्वास उनकी बात अनसुनी कर देता है और बोलना शुरू करता है—

"मेरी बहू को मेरा बैडरूम चाहिए था, अपने भाई के लिए। मैंने मना किया, तो उसने उसे पूजा रूम में बदल दिया। मैं हॉल में आ गया। वहाँ भी उसके भाई के दोस्तों का जमावड़ा लगा रहता था। दिनभर हल्ला-गुल्ला होता। जब बेटे से बात की, तो उसने हाथ ऊपर उठाकर कहा—'ले जाएँगे? दिन में मंदिर चले जाइए, भगवान की शरण में रहेंगे!' एक दिन मैं तंग आकर चुपचाप यहाँ आ गया।"

विश्वास की कहानी सुनने के बाद धनी भी अपनी बात शुरू करने वाले ही होते हैं कि वरुण बाबू गुस्से में बोल उठते हैं—

"शांत हो जाओ तुम लोग! अपनी-अपनी कहानियाँ क्यों सुना रहे हो इसे? यह क्या कर लेगा? तुम जाओ भाई, सबको रुला दिया! हम लोग अपना देख लेंगे।"

वह रत्नाकर और चवन्नी को जाने का इशारा करते हैं, लेकिन दोनों वहीं खड़े रहते हैं। वरुण बाबू उन्हें लगभग धक्का देकर बाहर कर देते हैं। दोनों दोबारा अंदर जाना चाहते हैं, लेकिन दरवाजा बंद हो जाता है।

रत्नाकर दरवाजे पर कान लगाकर कुछ सुनने की कोशिश करता है।

गंगा प्रसाद और दरोगा बाबू चाय पी रहे हैं। यह उनकी चाय पीने की निश्चित जगह है। मंगल प्रसाद साप्ताहिक दिनों में नहीं आते, जबकि मुंशी जी रोज़ाना आते हैं। लेकिन आज वे देर से आए हैं। अपने लिए चाय का ऑर्डर देते हैं और बिना पूछे ही अपनी सफाई देने लगते हैं—

"अब का लेट और का जल्दी! घर से बोर हो जाओ तो यहाँ आओ, और यहाँ से बोर हो जाओ तो घर चले जाओ।"

गंगा प्रसाद सहमति जताते हुए कहते हैं, "बात तो सही है, हमरा भी आजकल घर में बैठने का मन ही नहीं करता।"

दरोगा बाबू अपना दुख व्यक्त करते हैं, "सोचा था, रिटायरमेंट के बाद ज़िंदगी आराम से कटेगी। अब तो यही चाय की दुकान रह गई है... जहाँ दिल की बात कह सकते हैं।"

गंगा प्रसाद निराशा जताते हुए बोलते हैं, "बेटा अपने मन की करता है, बीवी उसे सह देती है। करें तो क्या करें!"

"बीवी से याद आया, उसकी दवाई पहुँचानी है। चलो भाई!"

यह सुनकर सभी हँसने लगते हैं।

सुबह, सभी बुजुर्गवार घाट जा रहे हैं। अस्सी की गलियों से गुजरते हुए उन्हें एक घर के बाहर भीड़ दिखाई देती है। भीड़ में कुछ पुलिस वाले भी खड़े हैं, जो लोगों को घर के अंदर जाने से रोक रहे हैं। भीड़ में ज्यादातर बुजुर्ग हैं। पास पहुंचते ही विश्वास उनसे पूछता है, "क्या हुआ?"

पुलिस खीझते हुए जवाब देता है, "अरे, एक बुड्ढा मर गया है, परसों रात में। कल पूरे दिन उनके परिवार वालों का इंतजार किया। रात में किसी ने कंप्लेंट कर दी। अब हमें उनको ले जाना पड़ रहा है। आ जाते हैं बनारस मरने के लिए, हमारी परेशानी बढ़ जाती है!"

वह सबको वहां से हटाते हुए जवाब देता है।

सभी लोग वहाँ से जाने लगते हैं। वरुण बाबू को जैसे आघात लगा हो। वह सबसे पीछे छूट जाते हैं। उनके दिमाग में चाय वाले और चवन्नी की बातें, मणिकर्णिका घाट के दृश्य घूमते हैं। वरुण बाबू पसीने-पसीने हो जाते हैं। सभी बुजुर्ग वरुण बाबू के पास आ जाते हैं। वह धीमे से सबको बोलते हैं, "रत्नाकर की बात मान लेनी चाहिए।"

धनी खुश हो जाते हैं। बाकी बुजुर्ग धनी को देखने लगते हैं।

5

पैकेज

"देखो रहमत भाई! धंधा तो समझो चालू हो गया। लेकिन ध्यान रहे, जब तक जम नहीं जाता है, किसी को खबर नहीं लगनी चाहिए। और मेरा रेट किसी को नहीं बताना।" रत्नाकर रहमत को समझाते हुए कहता है।

बगल में चवन्नी खड़ा है। दोपहर में इन तीनों के अलावा दुकान में कोई नहीं है।

रहमत को एहसास होता है कि रत्नाकर उसे कमतर आंक रहा है। वह रत्नाकर के कंधे पर हाथ रखकर कहता है, "देखो ददा! ऐसा है कि, इस धंधे में हम आपसे सीनियर हैं। रेट के गुर तो हम अच्छे से जानते हैं। कुछ आपको सीखा ही देंगे।"

"भाई, हम तो सेवा प्रदान करने के लिए स्टार्टअप खोल रहे हैं। आपके सहयोग की जरूरत है।" रत्नाकर मुस्कुराते हुए कहता है।

"मेरा सहयोग तो हमेशा आपके साथ है, मगर उतना काफी नहीं। आपको घाट पर ब्राह्मण और वहां के लोगों का सहयोग भी चाहिए। नहीं तो ऐसा ना हो कि, स्टार्टअप स्टार्ट ही ना हो।" रहमत सुझाव देते हुए आशंका भी व्यक्त करता है।

"हम समझ गए भाई। अपनी गद्दी पे दूसरे को कोई बैठने देता है क्या?" रत्नाकर सुझाव मान जाता है।

दोनों चवन्नी को देखते हैं। चवन्नी के चेहरे से साफ झलक रहा है कि उसे कुछ समझ नहीं आया है। दोनों खिलखिला कर चवन्नी पर हंसते हैं।

मंत्रों के साथ-साथ घंटी की भी आवाज सुनाई दे रही है। पंडित जी, जो मणिकर्णिका घाट के मुख्य ब्राहमण हैं, पूजा कर रहे हैं। पंडित जी का घर, उसकी बनावट, रखरखाव और सजावट से पौराणिक काल का प्रतीत होता है। रत्नाकर और चवन्नी आंगन में बैठे हुए हैं। खाली झूले के पीछे पंडित जी का बेटा, शिवा, जिसकी उम्र लगभग 25 वर्ष के आस-पास होगी, बैठा हुआ है। पंडित जी आंगन में आते हैं और तुलसी जी में जल अर्पित करते हैं। फिर वे झूले में जाकर बैठ जाते हैं। पंडित जी घूर कर दोनों को देखते हैं।

रत्नाकर झिझकते हुए कहता है, "कुछ बुजुर्ग लोग चाहते हैं कि उनके मरने के बाद हम उनका अंतिम संस्कार करें, उनकी इच्छा के अनुसार।"

पंडित जी की चाय आ जाती है। वे चाय की चुस्की लेते हैं और झूले पर चाय का कप संतुलित करते हुए पूछते हैं, "दूसरों की इच्छापूर्ति करना तो बहुत नेक काम है। यहाँ क्या इच्छा लेकर आए हैं?"

शिवा उनके बगल में आकर खड़ा हो जाता है।

"हम सिर्फ लोगों की सेवा करना चाहते हैं। बस आपका आशीर्वाद चाहिए," रत्नाकर जवाब देता है।

"क्यों नहीं! हमारे आशीर्वाद का फल जरूर मिलता है, इसलिए हम उसकी दक्षिणा लेते हैं," हाथ से आशीर्वाद देते हुए पंडित जी कहते हैं।

चवन्नी मन में दुहराता है, "आशीर्वाद के लिए दक्षिणा" लेकिन यह सबको सुनाई देता है। रत्नाकर उसे शांत रहने का इशारा करता है।

"पंडित जी, आप गलत समझ रहे हैं। हम तो..."

"गलत तो तुम समझ रहे हो बेटा। मुझे मेरे ही धंधे में पार्टनर बनाने आए हो। कोई अपने पेट पे लात मारता है भला?" पंडित जी, रत्नाकर की बात काटते हुए कहते हैं।

रत्नाकर हाथ जोड़कर कहता है, "हम लात मारने नहीं, पेट भरने आए हैं।"

"मुझे तुम्हारी स्पष्टता बहुत पसंद आई, सीधे बात करते हैं, 50-50 पार्टनरशिप।"

"50 तो बहुत ज्यादा हो जाएगा, पंडित जी, हम कमाएंगे तभी तो आपको दे पाएंगे," रत्नाकर 50 प्रतिशत को कम करने के लिए कहता है।

"पिछली 8 पुश्तों से हमारा राज है इस घाट पर। हमारा हिस्सा दिए बिना तो मुर्दा भी जलने से मना कर देता है। 50 प्रतिशत पर मान रहे हैं, क्योंकि पुण्य का काम है," पंडित जी कहते हुए झोला और बाकी सामान एकत्र करने लगते हैं।

"लेकिन पंडित जी..."

"अभी कह रहे थे आशीर्वाद लेने आए हो, अब बहस कर रहे हो। चलो शिवा, घाट पे जाने का वक्त हो गया, बेकार समय जाया किया," पंडित जी कहकर शिवा को देखते हैं। शिवा बाथरूम का इशारा करके अंदर चला जाता है।

पंडित जी रत्नाकर की ओर पलटते हैं, "और सुनो, मुफ्त का सलाह दे रहे हो। मौत का धंधा भावनाओं से नहीं चलता।" कहते हुए वे घाट के लिए निकल जाते हैं।

रत्नाकर और चवन्नी निराश होकर उनके पीछे-पीछे जाने लगते हैं।

रत्नाकर और चवन्नी पहुँचते ही चुपचाप बैठ जाते हैं। रहमत अपनी दुकान में बैठा, हिसाब-किताब कर रहा है। रहमत को इसका पता नहीं चलता है, लेकिन जब वह नजरें उठाता है, तो दोनों दिखाई देते हैं।

"क्या हुआ भाई, इतना उदास क्यों?" रहमत पूछता है।

जब रत्नाकर जवाब नहीं देता है, तो चवन्नी कहता है,

"पंडित जी ने तो धंधे का कमर तोड़ दिया।"

"मगर कैसे?" रहमत पूछता है।

"वो तो 50 प्रतिशत का पार्टनरशिप मांग रहे हैं, धंधे में," रत्नाकर जवाब देता है।

"इसीलिए तुमलोग का मुँह उतरा हुआ है। 50 प्रतिशत तो बहुत ज़्यादा है। अब तुम लोग क्या करोगे?" रहमत के इस सवाल का जवाब इन दोनों के पास नहीं है।

"50 नहीं, 40," तभी बाहर से आवाज आती है। सभी उसकी तरफ देखते हैं। यह पंडित जी के पुत्र शिवा हैं। वह इनके पास आता है और चवन्नी को उठाकर बैठा देता है।

"40 प्रतिशत पर फाइनल करना है तो बोलो। मुझे बताओ, बिजनेस मॉडल क्या है?" आत्मविश्वास के साथ शिवा कहता है।

"40 प्रतिशत नहीं, 25 प्रतिशत ठीक है, पर आप वहाँ क्यों नहीं कहे, पंडित जी के सामने?" रत्नाकर अपना ऑफर देते हुए पूछता है।

"ये मेरा ऑफर है, बाबू जी का नहीं। मैं ही तुम लोगों के घाट के सभी समस्याओं का इकलौता समाधान हूं। मेरे वहां खड़े होने मात्र से तुम्हारा काम बन जाएगा। 25 प्रतिशत नहीं, 35 प्रतिशत, इससे कम में नहीं," शिवा अपनी अहमियत बताता है।

"देखिए, स्टार्टअप में आइडिया ही सब कुछ होता है। और यह मेरा आइडिया है। मानते हैं, कि आपके आने से बहुत फायदा होगा। लेकिन हमें बिजनेस भी तो बढ़ाना है। अभी बहुत खर्चा होगा। 30% में डील करना है तो बोलिए। यही मेरा आखिरी ऑफर है," रत्नाकर कहता है।

शिवा सोचने लगता है। चवन्नी उसे ऑफर मानने के लिए सिर हिलाकर मनाने लगता है। रहमत दोनों को देख रहा है।

"डील डन, पर मुझे बिजनेस भी तो समझाओ," शिवा के बोलते ही, चवन्नी और रहमत ताली बजाने लगते हैं। रत्नाकर और शिवा हाथ मिलाते हैं। सभी में नई ऊर्जा आ जाती है।

अब रत्नाकर बिजनेस समझने लगता है।

"पहले रजिस्ट्रेशन होगा। रजिस्ट्रेशन के लिए ₹21,000 एडवांस में देना होगा, इसमें अंतिम संस्कार और श्राद्ध कर्म दोनों शामिल हैं। अंतिम संस्कार में 7 मन आम की लकड़ी, 1 मन बेल और 1 मन चंदन छिलका लगेगा। श्राद्ध कर्म में अगर गौ दान करना है तो ₹5,000 अलग से देने होंगे। इसी में हमारा सर्विस चार्ज भी है। और जो पैसे बचेंगे, वह अलग।"

"इसमें कितना बचेगा? ₹21,000 नहीं, इसे ₹31,000 कर दो," शिवा कहता है।

"नहीं, इसे नहीं बढ़ा सकते। क्योंकि वरुण बाबू और उनके साथी ₹ 21,000 में ही माने हैं," रत्नाकर अपनी असमर्थता जताता है।

"तो कोई बात नहीं, इसे बेसिक पैकेज रखते हैं और कुछ नए पैकेज बनाते हैं, जैसे गोल्ड पैकेज और डायमंड पैकेज," शिवा आईडिया देता है।

रहमत और चवन्नी इशारों में एक-दूसरे को कहते हैं, "पैकेज?"

"ठीक है, बेसिक पैकेज इसी को रखते हैं, नाम रखते हैं सिल्वर पैकेज," रत्नाकर कहता है।

"गोल्ड पैकेज में पूरी लकड़ी और चंदन का कर देते हैं, रेट ₹ 51,000," शिवा कहता है।

रहमत और चवन्नी सहमति में सिर हिलाते हैं।

"और डायमंड पैकेज में?" जब रत्नाकर पूछता है, तो चवन्नी तपाक से कहता है, "सेलिब्रिटी लाएंगे!" रत्नाकर हंसने लगता है।

शिवा चवन्नी की बात से सहमत है। वह इसे सपोर्ट करते हुए कहता है, "ठीक ही तो कह रहा है, सेलिब्रिटी लाएंगे। इस पैकेज का रेट रखते हैं ₹1,01,000."

रत्नाकर मानने को तैयार नहीं है, "बहुत ज्यादा है। इतना पैसा कौन खर्च करेगा? इस पैकेज में क्लाइंट नहीं मिलेंगे।"

"जो बच्चे अपने माँ-बाप को यहां मरने के लिए छोड़ कर जाते हैं, वो माँ-बाप से अपना लगाव दिखाने के लिए लाख रुपया आराम से देंगे। और उनके नाम पर एक पेड़ भी लगा देंगे," शिवा अपनी बात को मनाने के लिए तर्क देता है।

यह सुनते ही रहमत के मुँह से "वाह, क्या आइडिया है!" निकलता है।

"वृक्षारोपण को तो हम लोग हर पैकेज में जोड़ सकते हैं। इससे सबको अमर होने का एहसास होगा," रत्नाकर के कहते ही, चवन्नी बोल पड़ता है, "लेकिन सभी पेड़ फलदार लगाएंगे, इसमें कोई आनाकानी नहीं करना है। हम अभी रहमत भाई के साथ मिलकर, इन सबको कागज पर उतार देते हैं।"

रहमत इनकार करना चाहता है, लेकिन चवन्नी के आग्रह को नहीं ठुकरा पाता है। रहमत एक नया रजिस्टर निकालता है और चवन्नी के साथ लिखने लग जाता है।

मुखाग्नि को अमलीजामा पहनाने का वक्त आ चुका है। रत्नाकर और चवन्नी फूलवालों, पूजा भंडार और बैंड वालों के साथ डील फाइनल करते हैं। शिवा मणिकर्णिका घाट में अपने लोगों के साथ बात करके उन्हें कुछ एडवांस देता है। चवन्नी, रत्नाकर और शिवा एक वकील से बात करते हैं, जो इनको रजिस्ट्रेशन फॉर्म बनाकर देता है। रत्नाकर सभी

बुजुर्गों से वृद्धाश्रम में रजिस्ट्रेशन फॉर्म साइन करवाता है। धनी जी उत्साहपूर्वक फॉर्म भरते हैं। वह रत्नाकर से अनुरोध करते हैं कि उनकी अर्थी में एक चंदन की लकड़ी अवश्य हो। रत्नाकर और चवन्नी एक पत्रकार से मिलते हैं, जो उनकी फोटो भी खींचता है। रत्नाकर मालती को मुखाग्नि के बारे में बताता है और उससे सोशल मीडिया पर इसे प्रचारित करने के लिए मना लेता है।

6

आरंभ

वृद्धाश्रम के आंगन में एक लाश पड़ी है। सभी बुजुर्ग खड़े हैं। रत्नाकर और चवन्नी, अपने साथियों के साथ वृद्धाश्रम पहुंचते हैं। लाश को अर्थी में रखते हैं और फूलों से इस तरह सजाते हैं कि चेहरे के अलावा सिर्फ फूल नजर आते हैं। फोटोग्राफर फोटो लेना शुरू करता है और गाजे-बाजे के साथ मणिकर्णिका घाट के लिए शाही अंदाज में शव यात्रा रवाना होती है। रत्नाकर अग्नि कलश लेकर सबसे आगे चल रहा है। चवन्नी अर्थी पर फूलों के साथ सिक्के भी फेंकते हुए उसके पीछे-पीछे चल रहा है, जिनकी खनक साफ सुनाई दे रही है।

मणिकर्णिका घाट में शिवा, अपने पिताजी के साथ अंतिम संस्कार के कामों में व्यस्त है। रत्नाकर के घाट में पहुंचते ही, शिवा मंत्र उच्चारण करते हुए इनके पास पहुंचता है। रहमत अपनी निगरानी में शिवा के आदमियों से चिता तैयार करवाने लगता है। लाश को गंगा स्नान कराने के बाद चिता पर रखा जाता है। रत्नाकर अपने बालों में कई बार हाथ फेरने के बाद, अपना मुंडन कराता है। शिवा मंत्रों का जाप करने लगता है और अनुष्ठान शुरू करता है। रत्नाकर मुखाग्नि देते समय हिचकिचाता है। वरुण बाबू इसे भांप जाते हैं और रत्नाकर के पास आकर, उसके कंधे पर हाथ रखते हैं। रत्नाकर मुखाग्नि देता है और चिता जलने लगती है। हर कोई शांत खड़ा है। विश्वास और उत्तम आपस में बातें करते हैं।

"सब कुछ अच्छे तरीके से हो गया। रत्नाकर ने जो बोला, वो कर दिखाया।" विश्वास, उत्तम को बोलते हैं।

उत्तम बिना कुछ बोले स्वीकार करता है।

शव पूरी तरह से जल चुका है। वरुण बाबू आगे बढ़कर, सबको चलने के लिए इशारा करते हैं। सब जाने लगते हैं, लेकिन रत्नाकर अभी भी वहीं खड़ा कुछ सोच रहा है। चवन्नी उसे चलने के लिए कहता है।

सभी लोग लौटते हुए, नजरों से दूर जा रहे हैं। वरुण बाबू अपने साथियों के साथ सबसे आगे-आगे जा रहे हैं। उनके पीछे सहायता समूह हैं, जिन्हें जाकर अपना धंधा भी चलाना है। सबसे पीछे चवन्नी जा रहा है। रत्नाकर काफी धीरे-धीरे चल रहा है। वह काफी दुखी है। चवन्नी पीछे पलटकर रत्नाकर को देखता है। चवन्नी उसके पास आता है और उसे लेकर वापस घाट पर लौट जाता है, जहां रहमत और शिवा दोनों को देखकर मुस्कुराने लगते हैं।

रत्नाकर, चवन्नी, रहमत और शिवा नाव में बैठे हुए हैं। नाव गंगा नदी के दूसरे किनारे पर है। चांदनी रात में सब कुछ साफ-साफ दिखाई दे रहा है। रत्नाकर अभी भी शांत और दुखी है। चवन्नी पहला पेग बना कर सबको देता है। चीयर्स के बाद, चवन्नी एक ही बार में अपना पेग खत्म कर देता है। चखने के नाम पर मूँगफली, मिक्सचर और चिप्स हैं। चवन्नी को कुछ कमी लग रही है।

"चखने में चिकन भी हो सकता था," चवन्नी कहता है।

शिवा अपना पेग खत्म करके, "मुखाग्नि देने के बाद तो पीना भी नहीं चाहिए। और तुम चिकन की बात कर रहे हो?" गुस्से में प्रतिक्रिया करता है, और दूसरे पेग के लिए गिलास चवन्नी को देता है।

ऐसी दारू पार्टी की एक खास बात होती है। सभी पेग एक साथ बनते हैं, जिससे सबको दारू बराबर मिलती है। इसलिए दूसरा पेग भी साथ ही बनाना है। रहमत भी अपना पेग समाप्त कर चुका है। चवन्नी रत्नाकर को देखता है। पहला पेग उसके हाथों में ही है।

शिवा रत्नाकर को इशारा करते हुए कहता है, "खत्म तो करो, मन हल्का हो जाएगा।"

"अब बचा क्या है हल्का होने को?" रत्नाकर कहता है।

"जीवो जीवस्य जीवनम, ये शास्त्रों में लिखा है। मतलब जीव, जीव के लिए समर्पित है। हम सब अपना कर्म कर रहे हैं," शिवा ज्ञान देना शुरू करता है।

सभी हाँ में सिर हिलाते हैं।

"बहुत दिनों के बाद बनारस ने ऐसी शव यात्रा और अंतिम संस्कार देखा है। सभी आनंदित थे। तुम्हें तो खुश होना चाहिए," शिवा उसे उत्साहित करता है।

"देखो, सभी जगह कॉरपोरेट तो घुस ही रहा है। आपको क्या लगता है? कॉरपोरेट की नजर नहीं होगी इस पर? आज नहीं तो कल वो भी आएंगे इसमें। शुरुआत में धुक-धुकी होती है, लेकिन एक दो और के बाद मामला सब ठीक हो जाएगा," रहमत भी अपना ज्ञान प्रदर्शित करता है।

"सही बात है," शिवा और चवन्नी एक साथ कहते हैं। रत्नाकर शांत हैं।

"मुखाग्नि सबसे पुण्य का काम है। हम तो लोगों के लिए मोक्ष का मार्ग बना रहे हैं। यह तो बहुत ही नेक काम है, इसमें दुख कैसा?" जब चवन्नी भी ज्ञान देने लग जाता है, तो रत्नाकर चिल्लाता है, "चुप हो जाओ सालों! तुमलोगों को गांजा होना पड़ता तो पता चलता। साला, पता नहीं कब तक सिर में हाथ नहीं घूमा सकेंगे। मुझे दुख इस बात का है।"

एक पल के लिए सन्नाटा छा जाता है। सभी एक-दूसरे को देखते हैं। यहाँ तो दुख का कारण सिर के बाल हैं। और सबने रत्नाकर के दुख के बारे में क्या-क्या सोच लिया था? सब एक साथ जोर का ठहाका लगाते हैं। रत्नाकर भी मुस्कुराते हुए अपना पेग खत्म करने लगता है।

दरवाजा खोलते ही पार्वती समझ जाती है। रत्नाकर सीधे-सीधे अपने कमरे में जाता है। पीछे-पीछे मां जाती हुई कहती हैं, "इतना बड़ा हो गया कि दारू पी के आने लगा। अरे, आज तक तुम्हारे बाबू जी पी के घर नहीं आए हैं।"

रत्नाकर मां को शांत रहने का इशारा करता है, ताकि बाबूजी न सुन लें। लेकिन बाबूजी सुन लेते हैं, और कमरे में आ जाते हैं।

"यह क्या अधर्म कर रहा है? संस्कार बचा है? या वो भी पी गए? हे भगवान, अब क्या-क्या दिन दिखाएंगे!" डांटने लगते हैं।

रत्नाकर मां को घूरता है। वह खड़ा होने की भरसक कोशिश करता है, लेकिन खड़ा नहीं रह पाता है, और बिस्तर में धड़ाम से गिर जाता है। मां और बाबू जी दोनों चिंतित हो जाते हैं।

"शराब पी के तो कभी घर नहीं आया था, और उस पर से सिर भी मुंडवा लिया है। इसका संगत बिगड़ रहा है। पॉकेट चेक करो," चिलम पीने का हाथ से इशारा करते हुए कहते हैं, "पीना तो शुरू नहीं कर दिया है?"

पार्वती उस पर चादर डालते हुए कहती हैं, "चिंता नहीं कीजिए, कुछ भी ऐसा वैसा काम नहीं करेगा। इतना तो भरोसा है अपने बेटे पर।"

गंगा प्रसाद, पार्वती को देखते हैं। उन्हें समझ में नहीं आ रहा है कि पार्वती के भरोसे का सम्मान करें या न करें। दोनों रत्नाकर को सोते हुए देख रहे हैं।

सुबह गंगा प्रसाद और मंगल प्रसाद आंगन में बैठे हुए, चाय और अखबार का इंतजार कर रहे हैं। मालती अपनी छत पर है। उसे रत्नाकर के मुंडन का पता चल गया है। वह रत्नाकर के इस रूप को देखने के लिए उतावली हो रही है। रत्नाकर गले में गमछा लपेटे घर से बाहर निकलता है, लेकिन बाबूजी और मंगल प्रसाद को देखकर छुपने की कोशिश करता है। छत से मालती देख रही है। नजरें मिलते ही, मालती रत्नाकर को इशारे से बताती है कि वह अच्छा लग रहा है। रत्नाकर झेंप जाता है। इसी समय मां चाय लेकर रसोई से बाहर आती हैं। रत्नाकर को देखते ही, वह पूछती हैं, "कहां जा रहे हो, इतना सवेरे-सवेरे?" इससे पहले कि बाबूजी और मंगल प्रसाद रत्नाकर को कुछ कहते, रत्नाकर तेजी से गेट के बाहर निकल जाता है। बाबूजी पीछे से आवाज देते रह जाते हैं।

अस्सी घाट पर रत्नाकर घुटनों तक पानी में खड़ा है। शिवा के शरीर पर सिर्फ सफेद धोती है। शिवा मंत्र उच्चारण कर रहा है और रत्नाकर उसका अनुसरण करता है। आसपास सभी बुजुर्ग खड़े हैं। यह सब देख कर सबके चेहरे पर संतुष्टि का भाव है। शिवा और रत्नाकर पूजा-पाठ संपन्न कर, सीढ़ियों पर ऊपर आना शुरू करते हैं। सनातन धर्म रक्षा समिति के नेता, सीढ़ियों के शीर्ष पर दो कार्यकर्ताओं के साथ उनका इंतजार कर रहे हैं। जैसे ही रत्नाकर और शिवा उनके पास पहुंचते हैं, वह

हाथ जोड़कर कहते हैं, "बधाई हो! आपका व्यापार शुरू हो गया है।"

"व्यापार नहीं, सेवा," रत्नाकर उसे सही करता है।

"आप इसे सेवा कह सकते हैं, हम इसे व्यापार कहेंगे। सनातन धर्म में यह वर्जित है। हम सनातन धर्म रक्षा समिति के रक्षक हैं। हमें अपने धर्म की रक्षा करनी है। धर्म की रक्षा के लिए ₹100000/- समिति के खजाने में जमा कराइए, अन्यथा इसे बंद कर दीजिए," नेता आदेश देने की कोशिश करता है।

"हम तो बुजुर्गों की मदद कर रहे हैं। इसमें भी कमीशन?" शिवा आश्चर्य से पूछता है।

"सेवा में ही मेवा है। हमें मेवा में हिस्सा चाहिए। नहीं तो हमें और भी तरीके आते हैं। धन्यवाद," नेता कहते हुए, अपने कार्यकर्ताओं को साथ लेकर जाने लगता है।

रत्नाकर और शिवा उन्हें देख रहे हैं और समझने की कोशिश कर रहे हैं कि अभी क्या हुआ?

वास्तु भवन के लॉन में पहलवान, इंस्पेक्टर और सिद्धांत चाय पी रहे हैं। पहलवान टेबल पर अखबार रखते हुए कहता है, "अपना रत्नाकर तो हीरो बन गया। आज के अखबार में बड़ी चर्चा है उसकी। आदमकद फोटो भी छपा है।"

"फेसबुक और इंस्टाग्राम में भी छाया हुआ है," इंस्पेक्टर भी जानकारी बढ़ाता है।

सिद्धांत पहलवान और इंस्पेक्टर के चेहरे को पढ़ना चाहता है, वह धीरे से बोलता है, "मुखाग्नि यानी मुख में अग्नि।"

"बोलिए तो बुझा देते हैं," इंस्पेक्टर कुटिल मुस्कान के साथ कहता है।

"15 लाख का उधारी है। बोलिए तो नरेटी पकड़ लेते हैं," पहलवान भी अपनी ताकत प्रदर्शित करता है।

"अरे, नहीं, उसको भी अपना बिजनेस करने दो। ट्रक तुम्हारे पास है, पैसा भी वसूल करना है। हमारा काम चवन्नी करेगा," सिद्धांत के कहते ही, दोनों शांत हो जाते हैं। "रत्नाकर पर बस नजर रखो।"

रहमत, नए ऑर्डर के हिसाब से लकड़ियों को अरेंज करवा रहा है। चवन्नी अखबारों से मुखाग्नि के बारे में छपे लेखों को काट रहा है और एक एल्बम में इन लेखों को प्रमुखता के आधार पर चिपकाते जा रहा है। रत्नाकर और शिव वहां पहुंचते हैं।

रत्नाकर अभी भी सनातन धर्म रक्षा समिति के बारे में सोच रहा है। परेशानी उसके चेहरे पर साफ दिख रही है। वह एक कुर्सी में निढाल होकर बैठ जाता है।

"क्या हुआ ददा?" रहमत कारण जानना चाहता है।

शिवा, अपने बैठने के लिए जगह बनाने की कोशिश करता है। चवन्नी अपने सामने अखबार और उसके कतरनों को फैलाए हुए है, इसलिए वह चवन्नी को नहीं उठाना चाहता है। अन्यथा वह चवन्नी को उठा कर बैठ जाता। वह इधर-उधर देखता है। पास पड़ी लकड़ी के कुंदे पर बैठते हुए कहता है, "सनातन धर्म रक्षा समिति के लोगों ने लाख रुपये का चंदा मांगा है।"

"यह साला शहर बसा नहीं है कि..." चवन्नी अपना काम बंद करते हुए कहता है। एल्बम और अखबारों को समेटने लगता है।

रहमत गल्ले में आकर बैठ जाता है।

"घबराने की जरूरत नहीं है। इस सनातन धर्म रक्षा समिति को चार-पांच लोग चलाते हैं। वह हमारा कुछ नहीं बिगाड़ सकते हैं। हम इनसे बचते रहेंगे," सभी को घबराते देख कहता है।

सभी की घबराहट चली जाती है। चवन्नी जो एल्बम बना रहा है, सभी को दिखाने लगता है।

एल्बम देखते हुए, "भाई, भोकाल मच गया है। हम तो छा गए गुरु," कहता है।

"घाट में भी सब नाम ले रहे थे। आसपास के सभी वृद्ध आश्रम में कल के अंत्येष्टि की चर्चा है, राजकीय सम्मान के बराबर था," शिवा घाट की रिपोर्ट देता है।

"और भाई लोग, जितना सोचा था, उससे ज्यादा ही बच गया। पहली ही डील में प्रॉफिट बढ़ गया," चवन्नी सबको जानकारी देकर खुश कर देता है।

"सावधान, अगर धंधे की शुरुआत में ही प्रॉफिट हो रहा है, तो कुछ गड़बड़ है," रत्नाकर के कहते ही सभी उसे देखने लग जाते हैं।

रत्नाकर एल्बम के साथ खड़ा होता है। तो चवन्नी भी खड़ा हो जाता है। लेकिन रत्नाकर वहां से अकेले चला जाता है।

चवन्नी अपनी मस्ती में सड़क पर गाना गाते जा रहा है— "खाली-पीली, खाली-पीली, रोकने का नहीं, तेरा पीछा करू तो..." तभी एक बाइक, जिस पर दो लोग सवार हैं, आकर रुकती है।

"ऐ, रुक!"

आदमी बाइक से उतरता है और चवन्नी का हाथ मोड़कर उसे बैठने को कहता है। चवन्नी वही गाना गाते-गाते बाइक पर बैठता है। बाइक आगे बढ़ जाती है।

कोतवाली में, सुपरिटेंडेंट ऑफ पुलिस अपने चेंबर में बैठे हुए हैं। उसके सामने रत्नाकर बैठा हुआ है। टेबल पर वही एल्बम रखा हुआ है, जिसे चवन्नी ने आज सुबह ही बनाया था। एसपी साहब रत्नाकर के उम्र के ही हैं। शायद इसलिए रत्नाकर को मुलाकात का समय मिल गया। एसपी साहब रत्नाकर को शाबाशी देते हुए पूछते हैं, "यह आइडिया कहां से आया?"

"जी, बस आप लोग अस्सी घाट पर, कुछ दिन पहले एक लावारिस लाश को ठिकाने लगा रहे थे। बस वहीं से इस नेक काम की शुरुआत हुई है," रत्नाकर जवाब देता है।

एसपी साहब 'ठिकाने' शब्द को दुहराते हैं।

तीर कमान से निकल चुकी है, अब रत्नाकर शब्द तो वापस नहीं ले सकता है। वह अपनी गलती सुधारते हुए कहता है, "अंतिम संस्कार, सर।"

एसपी साहब मुस्कुराते हैं।

"हमारे विभाग को भी आए दिन लावारिस लाशों का अंत्येष्टि करना पड़ता है, और यह काम कोई करना नहीं चाहता।"

"आपकी मदद करके हमें खुशी होगी," वह मन ही मन खुश हो रहा है, क्योंकि उसका यहां आने का प्रयोजन एसपी साहब समझ गए हैं। "हम तो बस नेक काम करना चाहते हैं। पर क्या है सर, इसमें भी खर्च तो होता

ही है, और हमारा काम तो अभी शुरू ही हुआ है," रत्नाकर बात पैसे पर लाना चाहता है।

"देखो रत्नाकर, डिपार्टमेंट में इसके लिए जो फंड मिलता है, वह हम सीधे तुमको दे सकते हैं," रत्नाकर खुश होकर धन्यवाद के लिए हाथ जोड़ता है। लेकिन उसकी खुशी काफूर हो जाती है जब एसपी साहब कहते हैं, "तुम कल से ही काम शुरू किए हो, और आज हमसे विभाग का काम मांग रहे हो। तीन महीने रुको। तीन महीने में तुम्हें और मुखाग्नि को सब जान जाएंगे। फिर तुम्हें सीधे काम मिल जाएगा।"

रत्नाकर निराश नहीं होता है। एक और प्रयास करते हुए कहता है, "सर, जब भी जरूरत हो, मुखाग्नि हमेशा तैयार रहेगी, आप लोगों की सेवा के लिए।"

"ठीक है, अपना एड्रेस और नंबर लिखवा दो ऑफिस में," कहकर वह फाइल में व्यस्त हो जाते हैं।

चवन्नी कमरे में दाखिल होता है। पीछे दोनों आदमी चल रहे हैं। चवन्नी यहां पहले भी आ चुका है। यह पहलवान का अखाड़ा है। पहलवान, जब तक खुद कुश्ती करते थे, यहां नियमित रूप से कुश्ती होती थी। अब तो सिर्फ दुनिया को दिखाने के लिए ये अखाड़ा है। अब यहां कुश्ती के अलावा सब कुछ होता है। सब कुछ का मतलब सब कुछ। पहलवान सोफे पर लेटा टीवी देख रहा है। चवन्नी को देखकर फौरन बैठ जाता है।

"अरे, आओ आओ चवन्नी, तुम तो गायब ही हो गए यार।"

"गायब कहां! आपके आदमी लोग तो एकदम आराम से ढूंढ लिए हमें," चवन्नी जवाब देते हुए, पीछे पलटकर देखता है, तो दोनों जा चुके होते हैं। चवन्नी सोफे में खुद को एडजस्ट करता है। "पहलवान भाई, बस ये बता दीजिए ये सत्कार किसलिए?"

"पूछ रहे हो? भूल गए हमारा पैसा बाकी है।"

"उसके चक्कर में तो बाकी सब भूल गए हैं, बात तो हो गई है, चुका देंगे धीरे-धीरे," चवन्नी पहलवान को याद दिलाने की कोशिश करता है।

"तुम लोग क्या सोच रहे हो? ट्रक देकर छुटकारा हो जाएगा? जब पार्टी पैसा नहीं चुकाती, तो वसूल करना भी हमें आता है, चवन्नी," पहलवान

समझाते हुए कहता है।

चवन्नी कुछ कहना चाहता है, लेकिन पहलवान उंगली दिखाकर उसे रोक देता है।

"हमारी बात ध्यान से सुनो चवन्नी, अगर हफ्ते भर में पैसा नहीं मिला, तो जो धंधा रत्नाकर ने शुरू किया है, उसी के काम आ जाएगा। समझे?"

चवन्नी को समझ में आ चुका है कि पहलवान, रत्नाकर के खिलाफ कोई योजना बना चुका है।

"ये क्या कह रहे हैं पहलवान भाई? आप तो सब हाल जानते हैं, हफ्ते भर में कहां से आएगा पैसा?" चवन्नी पहलवान को मनाने की कोशिश करता है।

पहलवान को चवन्नी की घबराहट साफ दिख रही है। वह चवन्नी की घबराहट काम में लाने के लिए कहता है, "यही बात तो तुम्हें अच्छा लगता है, तुम समझदार हो, वो बेवकूफ। तभी हम तुम्हें बुलवाए हैं, रत्नाकर को नहीं।"

पहलवान, उनके साथ क्या-क्या कर सकता है, चवन्नी सोचने लग जाता है।

पहलवान, अपना काम करवाना जानता है। वह यह भी जानता है कि चवन्नी से, अपने काम के लिए कैसे हां करवाना है। "एक पार्सल पहुंचाना है। अगर तुम पहुंचा दिए, तो समझो हमारा पैसा चुक गया।"

"वो सब काम छोड़ दिए हैं पहलवान भाई।"

"जानते हैं, रत्नाकर के चक्कर में छोड़े हो। अब उसी के लिए कर लो। आखिरी बार, ट्रक छुड़ाना है ना। काम हुआ और ट्रक उसका।"

चवन्नी सोच में पड़ जाता है। उसे कुछ समझ में नहीं आ रहा है, यह काम करें या ना करें।

पहलवान, उससे हां करवाने के लिए भावनाओं का खेल शुरू करता है।

"रत्नाकर तुम्हारे लिए भाई जैसा है कि नहीं? उसने क्या नहीं किया तुम्हारे लिए? और तुम उसके लिए एक काम नहीं करना चाहते हो?"

"कर तो सकता हूं, मगर..." चवन्नी धीरे से कहता है।

"मगर क्या? बहुत कम लोगों को एहसान चुकाने का मौका मिलता है। और तुम्हें मिल रहा है। मौका हाथ से जाने मत दो," पहलवान चवन्नी के कंधे पर हाथ रखते हुए कहता है। "और ये भी समझ लो, कि अगर पैसा नहीं मिला, तो हम रत्नाकर को बचा नहीं पाएंगे।" पहलवान अपना आखिरी अस्त्र चलता है, जो सीधे निशाने में लगता है।

7

प्रतिरोध

"चिता की आग में, घर की रोटी नहीं सेंकते। इतना भी नहीं जानते हो, जो अंतिम संस्कार का बिजनेस शुरू कर दिया। क्या और कोई काम नहीं बचा है दुनिया में, जो कर सको?" बाबूजी रत्नाकर को डांट रहे हैं। रत्नाकर सहायता के लिए अपनी मां की तरफ देखता है। मां कर भी क्या सकती है? मां चुपचाप सोफे में बैठी है। उसके बगल में मंगल प्रसाद बैठे हैं, जो रत्नाकर के ठीक सामने हैं। उनसे कोई उम्मीद नहीं है। आज चवन्नी भी नहीं आया है। अगर वह होता, तो यह बहस आसान हो जाती। यह बहस एक न एक दिन होनी ही थी, इसके लिए रत्नाकर तैयार था।

"इसमें बुरा क्या है? यह तो एक शुद्ध व्यापार है। अरे पंडित जी दक्षिणा लेते हैं ना, मंत्रोच्चारण के बाद। लकड़ी वाला अर्थी की लकड़ी का पैसा लेता है, फूल वाला फूल का पैसा लेता है। जो लोग अंतिम यात्रा में सम्मिलित होते हैं, वे अपने पैसे लेते हैं। हम इन सब का पैसा इकट्ठा, अपने क्लाइंट से लेते हैं। अरे हम तो उनकी बैकुंठ यात्रा में मदद करते हैं," अपना तर्क देता है।

गंगा प्रसाद और ज्यादा गुस्से में आ जाते हैं। वह रत्नाकर के एकदम नजदीक आकर पूछते हैं, "मति भ्रष्ट हो गई है क्या तुम्हारी? अरे सब को पता चलेगा तो क्या होगा? क्या इज्जत रहेगी?"

पिता के इतने पास आने पर भी रत्नाकर को कोई फर्क नहीं पड़ता। "जब पैसा आएगा ना, तो इज्जत अपने आप आ जाएगी। इसमें बहुत

गुंजाइश है। कहां आप मुझसे दस हजार की नौकरी करवाना चाहते थे? देखते रहिए, मैं आपके ट्रक के अलावा और क्या-क्या लेकर आता हूं," रत्नाकर पूरे आत्मविश्वास के साथ जवाब देता है।

"हम लोगों को तुमसे कुछ नहीं चाहिए। बस कोई बहस नहीं। चुपचाप बंद करिए यह काम," बाबूजी कुछ सुनना नहीं चाहते हैं। अपना फैसला सुनाते हैं। कमरे में शांति छा जाती है। बाबूजी को लगता है रत्नाकर मान गया है। लेकिन रत्नाकर स्पष्ट शब्दों में कहता है, "काम तो बंद नहीं करूंगा। क्योंकि काम गलत नहीं है। हम तो सिर्फ सर्विस दे रहे हैं। वैसे भी यह बहुत पुण्य का काम है," कहता है।

इसकी उम्मीद किसी को नहीं थी। गंगा प्रसाद खुद को हारा हुआ महसूस करने लगते हैं। वह सहायता के लिए मंगल प्रसाद की ओर देखते हैं। मंगल प्रसाद, रत्नाकर को सुनाते हुए, गंगा प्रसाद को कहते हैं,

"मैंने पहले भी कहा है, मुझे दामाद चाहिए। इतना होनहार दामाद नहीं। हमारी थोड़ी इज्जत है समाज में। आपसे संबंध बनाकर, उसे बढ़ाना नहीं चाहते हैं। अगर नौकरी कर लेगा, तो हम शादी के लिए सोच सकते हैं। नहीं तो माफ करें।"

इतना सुनते ही, रत्नाकर स्तब्ध रह जाता है।

सड़क पर एक लावारिस लाश पड़ी है। देखने से ऐसा लगता है कि कोई मुसलमान भिखारी मर गया है। रहमत भी वहीं है। पुलिस से बात करता है। स्थिति को समझने के बाद, रत्नाकर को फोन करता है।

रत्नाकर, शिवा, रहमत और उनका सपोर्ट ग्रुप, लाश को लेकर कब्रिस्तान में प्रवेश करते हैं। लाश को कब्र के पास ले जाया जाता है। पूरे सम्मान के साथ उसका सुपुर्द-ए-खाक किया जाता है। रहमत और कुछ लोग नमाज पढ़ते हैं और मिट्टी दी जाती है।

शिवा, सभी लोगों को विदा कर देता है। तीनों कब्रिस्तान की चारदीवारी के साथ पैदल ही जा रहे हैं।

"बहुत बढ़िया रहमत भाई, तुम्हारी वजह से आज एक और दरवाजा खुल गया," रत्नाकर अपना गमछा सिर से निकालते हुए रहमत से कहता है, जिसे रत्नाकर ने कब्रिस्तान के अंदर टोपी की तरह लगाया था।

"अब हम आपके साथ हैं रत्नाकर भाई। मौके और आएंगे। समझो पूरी जमात का काम जल्दी हमारे पास आएगा, शुरुआत तो हो गई। बस आप हमारा ख्याल रखना," रहमत अपना भी हिस्सा चाहता है मुखाग्नि में।

"तुमने हमारा ख्याल रखा रहमत, तो तुम्हारा क्यों नहीं रखेंगे। कब्रिस्तान की सारी सप्लाई भी तो तुम ही करोगे," रत्नाकर कहता है।

रहमत को तो कुछ और भी चाहिए।

"सप्लाई तो पूरी रहेगी, पर सिर्फ उससे काम नहीं चलेगा अब। जमात तो मेरी वजह से ही आ रही है, तो मुखाग्नि में मेरा भी शेयर होना चाहिए," रहमत साफ-साफ कहता है। रत्नाकर को विश्वास नहीं हो रहा है। रहमत ने जो बात अभी कही है, उस पर। वह रहमत को अपने सपोर्ट ग्रुप का ही हिस्सा मानता था। वह मुखाग्नि में एक और पार्टनर नहीं चाहता है। उसे नए क्लाइंट भी चाहिए। वह नहीं जानता कि रहमत की इस मांग से कैसे निपटे। वह रुक जाता है। तो शिवा और रहमत को भी रुकना पड़ता है।

लेकिन शिवा के लिए यह अचरज की बात नहीं है। वह घाट का पला-बढ़ा लड़का है। वह जानता है कि रहमत से कैसे डील करना है।

"तुम तो पार्टनरशिप मांग रहे हो," शिवा कहता है।

"अब आप जो समझें, धंधे का कोई जात-पात, धर्म तो होता नहीं शिवा भाई। वह तो मुनाफे की तर्ज पर चलता है," रहमत अपनी दलील देता है।

रत्नाकर के बोलने से पहले, शिवा कहता है, "तुम जो भी काम लाओगे, उसका 20 प्रतिशत मुनाफा तुम्हारा।" पार्टनरशिप को कमीशन में बदलना चाहता है।

रत्नाकर, शिवा के इस प्रस्ताव से खुश हो जाता है। रहमत विचारमग्न हो जाता है। वह तो मुखाग्नि के पार्टनरशिप के बारे में बात कर रहा था, लेकिन शिवा ने उसे कमीशनबाजी में बदल दिया।

"कोई दबाव नहीं है, तुम सोच लो रहमत," रत्नाकर उसे कहता है।

"अरे इसमें सोचने वाली क्या बात है। रहमत भी तैयार हैं इसके लिए," अपना प्रस्ताव थोपते हुए शिवा कहता है। वह एक पल रुकता है,

रहमत को देखता है और उसे गले लगाने लगता है।

"ये तो मुझे भी मंजूर है," रत्नाकर भी गले मिलने लगता है।

ऐसा लगता है कि रहमत फिलहाल मान गया है।

रत्नाकर जब भी फुर्सत पाता है, वह वृद्धाश्रम चला आता है। उसे सभी का कुशलक्षेम पता चल जाता है। उसे यहाँ आना अच्छा भी लगता है। रत्नाकर वृद्धाश्रम से निकलकर घाट की तरफ जाने लगता है। आज मालती से मिलना है। रास्ते में उसे चवन्नी दीखता है। रत्नाकर चवन्नी से नाराज है, क्योंकि चवन्नी कब्रिस्तान नहीं आया था। वजह पूछने पर,

"गांव से कुछ लोग आ गए हैं। उन्हीं की तीमारदारी में लगा हुआ हूँ," चवन्नी जवाब देता है। वह ऐसे दिखता है जैसे बहुत परेशान है।

"सब ठीक?" रत्नाकर उसके परेशानी का कारण जानना चाहता है।

"सब तो ठीक है। लगता है, दो-तीन दिन के लिए गांव जाना पड़ेगा। वही सोच रहा हूँ, जाऊं या न जाऊं? यहां भी देखना है। आप अकेले हो जाएंगे?" चवन्नी उससे परमिशन लेना चाहता है।

"मेरी चिंता मत करो और तुम्हारे बिना भी कब्रिस्तान वाला काम तो हो गया। इतना महत्व मत लो। जाओ, दो-चार दिन की बात है, गांव जाकर आ जाओ," रत्नाकर चवन्नी को एहसास दिलाना चाहता है कि उसके होने या न होने से रत्नाकर या मुखाग्नि को कोई फर्क नहीं पड़ने वाला है।

चवन्नी को तो जैसे मुंह मांगी मुराद मिल गई। उसे लग रहा था कि उसकी झूठ पकड़ी जाएगी, लेकिन वह बच गया। वह खुशी-खुशी रत्नाकर से विदा लेता है। रत्नाकर जल्दबाजी में घाट की ओर निकल पड़ता है, जहां मालती उसका इंतजार कर रही है।

"तुमको इस तरह मैं जिंदगी भर बिना बालों के नहीं देख सकती," मालती इंस्टाग्राम और फेसबुक के पोस्ट दिखाते हुए कहती है। सोशल मीडिया में मुखाग्नि के सभी अकाउंट मालती मैनेज करती है। वह गर्व से बता रही है कि मुखाग्नि के किस पोस्ट पर कितने लाइक्स हैं, कितने लोग फॉलो करने लगे हैं और कितने लोग नाराज हैं।

"वैसे भी तुम्हारे इस स्टार्टअप को लेकर बाबूजी बहुत नाराज हैं।"

"सबको खुश रखना मुश्किल है मालती। एक बार जब पैसा बरसने लगेगा, तो बाबूजी की नाराजगी भी दूर हो जाएगी, और ये गंजा सिर प्यारा लगने लगेगा।"

पैसे के लिए रत्नाकर का प्यार अब दिखने लगा है। आज वह मालती को ठीक से देखा भी नहीं है।

"देखो रत्नाकर, इस पैसे की बारिश में कहीं खुद को और मुझे भूल न जाना," मालती गुस्साते हुए कहती है। मालती का ये गुस्सा बनावटी है, लेकिन आज रत्नाकर तो कोई और राग छेड़ने वाला है।

"भुलेंगे कैसे!? ये सब तो मैं तुम्हें हासिल करने के लिए ही कर रहा हूँ। इससे पहले कि तुम्हारे बाबूजी बिना दहेज का दामाद और पड़ोस के ससुराल का मोह छोड़ दें, इतना पैसा भर देंगे उनकी झोली में कि 'ना' नहीं कर पाएंगे।"

दुनिया की कोई भी लड़की अपने पिता के बारे में गलत नहीं सुन सकती। पहली बार रत्नाकर पैसे को ज्यादा अहमियत दे रहा है। यह बात मालती को अच्छी नहीं लगती है।

"ये बार-बार जो तुम पैसा-पैसा और हासिल करने वाली बात कर रहे हो, अच्छा नहीं लग रहा रत्नाकर। कहीं इस सब में गड़बड़ न हो जाए," मालती समझते हुए कहती है।

"तुम बेफिजूल चिंता कर रही हो। देखना, हम तुम्हें रानी बना कर रखेंगे। और सब तुम्हारे लिए ही तो कर रहे हैं।"

रत्नाकर, मालती का हाथ पकड़ता है। मालती को अनिष्ट की चिंता होने लगती है। वह रत्नाकर को एकटक देख रही है। रत्नाकर मुस्कुराने लगता है।

रत्नाकर कॉल स्पीकर मोड पर करके, "हेलो, कौन?"

"एम आई टॉकिंग टू मिस्टर रत्नाकर?" दूसरे तरफ से आवाज सुनाई देती है।

"हां, मैं रत्नाकर ही बोल रहा हूं, बोलिए।"

"मैं नितिन बोल रहा हूं, अमेरिका से। मैंने फेसबुक से आपको ढूंढा है। आपसे एक काम है।"

रत्नाकर को अमेरिका में भी लोग जानते हैं। यह रत्नाकर के लिए गर्व की बात है। वह रहमत को अपनी भाव-भंगिमा से जताता है। "जी कहिए।"

"मेरे पिताजी का कल, वहीं बनारस में देहांत हो गया है। मैं चाहकर भी अभी इंडिया नहीं आ सकता हूं। और कोई है भी नहीं। मैं चाहता हूं उनका अंतिम संस्कार आप करें।"

बैठे-बैठे नया काम आया है। दोनों खुश हो जाते हैं। रत्नाकर अपनी खुशी छुपाते हुए, "आप एकदम सही जगह फोन किए हैं। सर, मुखाग्नि का यही काम है। आप डिटेल्स व्हाट्सएप कर दीजिए। और कौन सा पैकेज लेंगे? हमारे यहाँ तीन पैकेज हैं - सिल्वर, गोल्ड, और डायमंड। आपका तो डायमंड ही होगा?"

"कोई भी जिसमें अंतिम संस्कार हो जाए। आप सब डिटेल्स, इसी नंबर पर भेज दीजिए। मैं तुरंत पैसे ट्रांसफर करता हूं।" कॉलर की परेशानी और हड़बड़ाहट दोनों उसकी आवाज में झलक रही हैं।

"आप निश्चिंत हो जाइए। हम लोग आधे घंटे में अपना काम शुरू कर देंगे।" रत्नाकर उसे उसकी परेशानी और हड़बड़ाहट कम करना चाहता है।

"अगर आप मुझे वीडियो कॉल करके, अंतिम संस्कार भी दिखाएंगे तो बड़ी मेहरबानी होगी।"

"हां सर, जरूर। हम आपको वीडियो कॉल कर देंगे," रत्नाकर उसे आश्वस्त करता है।

"थैंक यू," कॉलर कॉल कट करता है।

रत्नाकर कॉल कट करता है। दोनों एक-दूसरे को देख कर खुश होते हैं। दोनों एक साथ कहते हैं, "अब हम इंटरनेशनल हो गए।"

पता बनारस के पॉश कॉलोनी का है। नितिन के माता-पिता यहां अकेले रहते थे। माताजी की उम्र लगभग 80 साल के ऊपर होगी। वह शव के बगल में अकेले बैठी हैं। पास में कुछ लोग बैठे हैं, जो इनके पड़ोसी लगते हैं। इनकी भी उम्र और दशा, नितिन की मां से मिलती-जुलती है। चिंता और डर, सबके चेहरे पर साफ दिख रहा है। रत्नाकर सबसे पहले माता जी को ढाढ़स बंधाता है। फिर बाकी लोगों को भी सामान्य करने की

कोशिश करता है। रत्नाकर के साथियों ने अपना काम शुरू कर दिया है। शव को स्नान कराने के बाद, कांच के कॉफिन में रखा जाता है। कॉफिन को फूलों से सजाया जाता है। बैंड पार्टी के साथ शव यात्रा मणिकर्णिका घाट के लिए रवाना होती है। जहाँ रहमत और शिवा अपनी हिस्सेदारी की तैयारी कर रहे हैं। विधि-विधान के साथ, अंतिम संस्कार संपन्न होता है। फोटोग्राफर, आज फोटो नहीं ले रहा है, बल्कि पूरे कार्यक्रम का अपने मोबाइल से लाइव वेबकास्ट कर रहा है। इसके साथ ही मुखाग्नि में एक नया आयाम जुड़ गया है।

"बधाई हो, आप लोग तो अब अंतरराष्ट्रीय हो गए।" सनातन धर्म रक्षा समिति के प्रमुख की आवाज सुनते ही, रहमत, शिवा और रत्नाकर तीनों चौंक जाते हैं। जो अखबारों में छपी लाइव स्ट्रीमिंग की रिपोर्ट पढ़ने में मग्न थे। सनातन धर्म रक्षा समिति के लोगों का आना, रत्नाकर को असहज कर देता है।

रहमत और शिवा पर इसका कोई असर नहीं पड़ता है। शिवा जानता है कि इस मुद्दे को रत्नाकर नहीं संभाल पाएगा। अब उसे ही संभालना है। वह इसे सामान्य दिखाते हुए कहता है, "यह तो मदद थी। उसका बेटा अमेरिका में फंसा हुआ है। और तुम तो जानते ही हो, कोरोना के चलते अंतरराष्ट्रीय फ्लाइट का बैन।" जैसे उनके लिए कोई बड़ी बात नहीं है।

"मदद के लिए ही ऑनलाइन लाइव स्ट्रीम कर रहे थे। उसके बदले डॉलर तो मिला ही होगा? अब सहयोग राशि ₹300,000 देनी होंगी।" प्रमुख, ये दिखाना चाहते हैं कि उन्हें सब पता है।

तीन लाख सुनते ही रहमत और शिवा, एक साथ चिल्लाते हैं, "तीन लाख?"

रत्नाकर कोई प्रतिक्रिया नहीं देता है। शायद उसके दिमाग में कुछ चल रहा है।

"हां ₹300,000, इसमें चौंकने वाली क्या बात है? अब तुम लोग इंटरनेशनल हो गए हो, सहयोग राशि भी तो उसी स्तर की होनी चाहिए, क्या नहीं?" समिति प्रमुख अपने सहयोगियों से पूछते हैं। उनके दोनों सहयोगी समर्थन देते हुए हाँ में हाँ मिलाते हैं।

"सहयोग राशि जल्द से जल्द मिल जानी चाहिए। इसे हमारा आदेश समझिए।"

"नहीं माने तो?" शिवा के पूछने पर।

"सनातन धर्म की रक्षा करना, हमारा मूल उद्देश्य है। धर्म की रक्षा में कहीं मुखाग्नि का विनाश ना हो जाए?" प्रमुख समझते हुए जवाब देते हैं।

"कौन करेगा विनाश?" शिवा अब खड़ा हो जाता है।

रत्नाकर चारों तरफ देखने लगता है। उसकी नजर कुल्हाड़ी पर अटक जाती है।

"हम करेंगे। हम लोग सनातन धर्म के रक्षक हैं।" प्रमुख अभी बोलना शुरू ही कर रहे थे, कि रत्नाकर गुस्से में कुल्हाड़ी उठाता है और प्रमुख के सामने खड़े होकर चिल्लाता है, "अपना विनाश बचाना चाहते हो, तो चले जाओ यहाँ से। और फिर कभी नहीं आना मेरे सामने।"

रत्नाकर से ऐसे रिएक्शन की उम्मीद किसी को नहीं थी। और यह इतनी जल्दी हुआ कि किसी को समझ में नहीं आ रहा है, यह क्या हुआ?

प्रमुख की हालत खराब हो जाती है। उसके दोनों आदमी कुछ एक्शन लेते हैं, लेकिन उससे पहले ही शिवा और रहमत भी पास पड़ी लकड़ियों के साथ मुस्तैद हो जाते हैं।

"तुम जानते हो, क्या कह रहे हो?" हकलाते हुए, प्रमुख की आवाज निकलती है।

"जानते हैं। घाट पर सनातन धर्म रक्षा समिति जैसी सैकड़ों समितियाँ हैं। किस-किस का चंदा बांटते रहेंगे? तुम लोगों की भलाई यहाँ से जाने में है। चले जाओ।" रत्नाकर उन्हें समझाते हुए कहता है।

"अभी तो हम जा रहे हैं। लेकिन तुम लोग ये ठीक नहीं कर रहे हो। इसका अंजाम बहुत बुरा होगा।"

"जो भी अंजाम होगा, देख लेंगे। चलो, निकलो यहाँ से।" रत्नाकर, उसकी बात को काटते हुए कहता है।

प्रमुख के पास और कोई चारा नहीं है। उसे जाने में ही अपनी भलाई दिखती है। वह अपने साथियों के साथ चला जाता है।

शिवा, रत्नाकर के हाथ से कुल्हाड़ी लेता है। दोनों की आँखों में दिख रहा है, जो हुआ अच्छा हुआ। आगे जो होगा, देख लेंगे।

रत्नाकर दोपहर का खाना खाने, अपने घर जा रहा है। मोहल्ले में पहुँचते ही, रत्नाकर देखता है कि उसके घर के बाहर एक हवलदार पूछताछ कर रहा है। रत्नाकर तेजी से पहुँचता है। पता चलता है कि उसे कोतवाली थाना बुलाया जा रहा है, वह भी अभी। रत्नाकर मन ही मन बहुत खुश होता है। उसे लग रहा है कि पुलिस डिपार्टमेंट से मुखाग्नि को काम मिलने वाला है। वह तुरंत हवलदार के साथ कोतवाली के लिए चल पड़ता है।

कोतवाली पहुंचते ही रत्नाकर पूरे उत्साह के साथ इंस्पेक्टर को सलाम करता है। वह मन ही मन खुश है। उसे उम्मीद है कि उसे मुखाग्नि के लिए काम मिलने वाला है। इंस्पेक्टर उसे देखते हुए लॉकअप की तरफ इशारा करता है। लॉकअप में, चवन्नी सर झुकाए, दीवार से टिककर बैठा है। रत्नाकर के दिमाग से काम की बात एकाएक गायब हो जाती है। उसे कुछ समझ नहीं आता है। वह लॉकअप के पास पहुंचता है। नजरें उठाते ही चवन्नी रत्नाकर को दिखता है। वह उठकर रत्नाकर के पास आता है और रत्नाकर से नजरें चुराने लगता है।

"तुम तो गांव गए थे? गांव से सीधे यहां आ गए?" रत्नाकर कहता है, लेकिन चवन्नी कुछ नहीं बोलता।

इंस्पेक्टर चवन्नी की कर्मगाथा सुनाकर मुस्कुराते हुए वहाँ से चला जाता है।

चवन्नी लॉकअप की सलाखों को पकड़े, नजरें झुकाए खड़ा है।

"साला, हमसे शादी का बोल के ये सब काम करने लगे तुम? हम तुमको अपने भाई जैसा रखते, हमारी माँ तुम्हें बेटे जैसा मानती और तुम क्या किए?"

चवन्नी चुपचाप सुन रहा है।

"ये तो सोचते हमारी इज्जत का क्या होगा? तुम्हारे साथ इसमें हम भी रगड़े गए तो? बड़ी मुश्किल से धंधा जम रहा था। और बाउजी को क्या कहेंगे हम? वो तो वैसे ही हम पर भरोसा नहीं करते हैं।"

"हम आपको कुछ नहीं होने देंगे, दादा।" चवन्नी विश्वास के साथ कहता है।

यह सुनते ही रत्नाकर गुस्से में फट पड़ता है।

"तुम क्या करोगे मेरे लिए? तुम अपने लिए अभी कुछ कर सकते हो। अब तुम कुछ मत करना, जो कर दिया, वही बहुत है। साला, इतना मर रहे थे पैसे के लिए, तो हमसे एक बार बोले होते, कुछ न कुछ हम कर देते तुम्हारे लिए। तुम अपना जात दिखा दिए, चवन्नी। तुम जहां थे, वहीं ठीक थे। गलती हो गई तुम्हें अपना समझने। देखते हैं कौन आता है तुम्हारी जमानत करवाने अब। हम तो नहीं करवाएंगे।" और रत्नाकर गुस्से में वहां से निकल जाता है।

चवन्नी सलाखों को पकड़े, रोते हुए धीरे-धीरे नीचे बैठ जाता है।

रत्नाकर सर पर हाथ रखे, घाट की सीढ़ियों पर बैठा है। साथ में शिवा भी बैठा है।

"हमको ये समझ नहीं आ रहा, चवन्नी ऐसा किया क्यों?"

"ये तो हम भी नहीं समझ पा रहे। पर हम इतना जानते हैं, चवन्नी ऐसा आदमी नहीं है। कुछ तो मजबूरी रही होगी उसकी।" शिवा रत्नाकर को दिलासा देने के लिए कहता है।

"अरे तो हमको काहे नहीं बताया? हम क्या अपना हर प्रॉब्लम उसे नहीं बताते?"

"काहे नहीं बताया, ये तो नहीं कह सकते हैं। अगर पैसे की बात होती तो वो जरूर बताता, इतना तो जानते हैं हम उसे।" फिर कुछ सोचकर शिवा कहता है, "हो सकता है कि चवन्नी किसी चक्कर में फंस गया हो।"

"कैसा चक्कर? किसका चक्कर?"

"सनातन वालों का भी हो सकता है। या फिर कोई पुराना दुश्मन? तुम लोग तो बहुत दिन से साथ हो। सोचो।" शिवा की बात सुनकर रत्नाकर सोचने लगता है।

"हो सकता है ये सब उस वास्तु बिल्डर का रचाया खेल हो, मुझे फसाने के लिए। और वो पहलवान भी शामिल हो इसमें।"

"कौन किस में शामिल है?" तभी पीछे से वरुण बाबू की आवाज आती है। दोनों खड़े होकर उनको प्रणाम करते हैं।

"कुछ नहीं, बस ऐसे ही।" रत्नाकर बात बदलना चाहता है।

"बस ऐसे ही चक्कर और साजिश की बात कर रहे हो? बता दो, हो सके तो कुछ मदद हो जाए।"

"चवन्नी जेल में है, स्मगलिंग करते हुए पकड़ा गया।" शिवा उनको बताता है।

"क्या? ऐसा क्यों किया होगा चवन्नी ने?" वरुण बाबू रत्नाकर से पूछते हैं।

"वही तो समझ नहीं आ रहा। या तो चवन्नी बहक गया या फिर किसी ने बहकाया है उसे।" रत्नाकर सफाई देते हुए कहता है। उसे पता है कि अगर वरुण बाबू का हाथ मुखाग्नि से उठ गया तो दिक्कत होगी। इसलिए वह चवन्नी को इनके सामने भोला बनाना चाहता है।

"उसको बहका के क्या मिलेगा किसी को?" वरुण कुछ सोचते हैं।

"कौन से थाने में है?"

रत्नाकर नहीं बताना चाहता, वह शांत है।

"कोतवाली थाने में।" शिवा फट से बोल पड़ता है।

"कोई न कोई रास्ता निकल आएगा, चिंता मत करो तुम लोग, चलो, मैं चलता हूँ।" और वरुण बाबू वहां से चले जाते हैं।

रत्नाकर और शिवा उन्हें जाते हुए देख रहे हैं।

वरुण बाबू वास्तु बिल्डर के ऑफिस पहुंचते हैं। यहाँ आने से पहले उन्होंने फोन पर किसी से बात की थी। शायद उन्हें चवन्नी के केस के बारे में सारी जानकारी मिल चुकी है। उन्हें देखते ही लॉबी में जितने भी लोग हैं, सभी खड़े हो जाते हैं। कुछ लोग आकर उनके पैर छूते हैं। वरुण बाबू सबको मुस्कुराते हुए प्यार से आशीर्वाद देते हैं। वे इशारे से सिद्धांत के बारे में पूछते हैं, "अंदर है क्या?" वरुण बाबू अंदर दाखिल होते हैं, और सिद्धांत अपने कैबिन में किसी से ऊंची आवाज में बात करना शुरू कर देता है। वरुण बाबू को जवाब मिल जाता है। वह साइड में अंदर जाते हैं। उन्हें देखते ही सिद्धांत फोन काटता है, आगे बढ़कर पैर छूता है, लेकिन वरुण बाबू अनमने ढंग से उसे आशीर्वाद देते हैं।

सिद्धांत कुर्सी खींचते हुए कहता है, "बैठिए बाबूजी।"

"मैं यहाँ बैठने नहीं आया हूँ। एक खास काम है तुमसे। अगर कुछ कर सको, तो समझना बेटे होने का फ़र्ज़ अदा करने का आखिर मौका मिल रहा है।" वरुण बाबू सीधे मुद्दे की बात करते हैं।

"बोलिए न बाबूजी, हो जाएगा।" सिद्धांत उन्हें भरोसा दिलाना चाहता है।

"चवन्नी को तो तुम जानते ही हो, और रत्नाकर को भी। उन्हें सताना बंद करो। चवन्नी को बाहर निकालवाओ।"

"खबर तो हम तक पहुंच गई थी, बाउजी, पुलिस ने रंगे हाथों पकड़ लिया है उसे। चवन्नी का बाहर निकलना मुश्किल लगता है।" सिद्धांत अप्रत्यक्ष रूप से मना करना चाहता है, क्योंकि उसे इसके बारे में सब कुछ पता है और वह अपनी मिलीभगत छिपाना चाहता है। वह सोच रहा है कि बाबूजी को कैसे पता चला।

"मैं यहाँ केस डिस्कस करने नहीं आया। बस ये चाहता हूँ कि तुम रत्नाकर और चवन्नी के रास्ते से हट जाओ। तुम्हारा जो भी झगड़ा हो, अब तुम उन्हें कोई नुकसान नहीं पहुंचाओगे। वे दोनों हमारे लिए कुछ अच्छा करने की कोशिश कर रहे हैं।" वरुण बाबू सीधे-सीधे आदेश देने के लहजे में बोलते हैं।

"अच्छा नहीं, वो बेवकूफ़ बना रहे हैं आपको, आपकी ज़ायदाद पे नज़र है उनकी।" सिद्धांत समझाना चाहता है।

वरुण बाबू सिद्धांत को एकटक देख रहे हैं। सिद्धांत शांत हो जाता है।

"मुझे अच्छी तरह पता है कि किसकी नज़र किस पर है, बस तुम ये बताओ कि चवन्नी को बाहर निकालोगे या नहीं?"

"निकलवा देंगे बाबूजी।"

"और हाँ, उनका ट्रक भी वापस कर दो।"

सिद्धांत के हाँ में सिर हिलाते ही, वरुण बाबू हाथ जोड़कर उठकर जाने लगते हैं।

"रुको बाबूजी, क्या आप अभी भी मुझसे नाराज़ हैं?" अब सिद्धांत बाबूजी को मनाने की कोशिश करने लगता है।

"नाराज़ होने का सवाल ही नहीं उठता, मैंने तुमसे कभी ऐसी उम्मीद नहीं की थी।"

"मुझे माफ़ कर दीजिए बाबूजी, और आप घर आ जाइए।" सिद्धांत करबद्ध होकर बोलता है।

"अब मेरा अपना घर है और मेरा परिवार भी, जिन्हें सिर्फ़ मेरी ज़रूरत है, मेरी संपत्ति की नहीं। जिस दिन बेटा पिता को बुलाना चाहेगा, मैं आ जाऊँगा। और हाँ, तब भी तुम्हें वह नहीं मिलेगा जिस पर तुम्हारी नज़र है।" वरुण बाबू सिद्धांत की आँखों में देख रहे हैं। सिद्धांत अपनी आँखें नीची कर लेता है। वरुण बाबू उसके केबिन से निकल जाते हैं।

ट्रक रत्नाकर के घर के बाहर आकर रुकता है। इसे चवन्नी ले कर आया है। चवन्नी तो दोपहर में ही छूट गया था और ट्रक भी उसे उसी समय मिल गया था। रत्नाकर से दो-चार न होना पड़े, इसलिए वह शाम का समय चुनता है। उसे पता है रत्नाकर अभी घाट पर होगा। स्टीयरिंग को पकड़े वह कुछ देर सोचता है। उसे रत्नाकर और अपनी पूरी कहानी शुरुआत से अब तक याद आ जाती है। उसकी आँखें नम हो जाती हैं। वह निर्णय कर चुका है। शायद, अब वह कभी यहाँ नहीं आएगा। चवन्नी नीचे उतरकर ट्रक को हाथ लगाकर प्रणाम करता है, और वहां से जाने लगता है। तभी पीछे से पार्वती की आवाज आती है,

"ऐ चवन्नी, रुक, कहाँ भाग रहा है?"

चवन्नी पलटता है और पार्वती को देखकर करबद्ध हो जाता है। चवन्नी पार्वती को हमेशा सम्मान देता आया है, पर कभी ऐसे करबद्ध नहीं हुआ है। इसलिए पार्वती चलकर उसके पास आती है। चवन्नी की आँखें नम हैं। पार्वती को ट्रक और चवन्नी के जेल प्रकरण के बारे में पता है या नहीं, कहा नहीं जा सकता है। पर वह चवन्नी को ऐसे नहीं देख सकती। उसके लिए चवन्नी भी रत्नाकर के समान है। वह चवन्नी का हाथ पकड़कर अंदर ले जाती है। चवन्नी की आँख से आँसू बहने लगते हैं।

"बैठो यहाँ, मैं पानी लेकर आती हूँ।"

चवन्नी चारों तरफ देखकर तसल्ली करता है कि बाबूजी नहीं हैं। पार्वती पानी देती हुई कहती है, "ये लो, और अब सीधे-सीधे बताओ बात

क्या है?"

चवन्नी शांत है।

"तुम बाहर से कहाँ जा रहे थे?"

"बाउजी?" चवन्नी आश्वस्त होने के लिए पूछता है।

"बाहर गए हैं, कोई भी नहीं है। बताओ?"

"ट्रक के बदले मुझे पहलवान का एक काम करने को कहा। उसमें कुछ ऊंच-नीच हो गई मुझसे। इस पर ददा ऐसे गुस्से में हो गए कि रिश्ता ही तोड़ दिया, तो हम उन्हें कुछ बता भी नहीं पाए। ददा हमसे पुलिस स्टेशन मिलने आए और खूब झगड़ा किया। कहे, गलती हो गई तुम्हें अपना बना के।" कहते-कहते, चवन्नी रुआँसा हो जाता है।

अम्मा चवन्नी के बगल में आकर बैठती है। उसके सिर पर हाथ फेरते हुए कहती है, "हम तुमको रत्नाकर से कभी कम समझे हैं क्या? अकेला वही है क्या? उसका कहने से क्या होता है?"

"वैसी बात नहीं, पर गलती तो हमने की है, न? वो क्या गलत कहे?"

"जब तुम इतना समझते हो तो काहे जा रहे थे? तुम बैठो, हम खाना बना लेते हैं। आज कुछ मीठा भी बनाएंगे। काहे की ट्रक वापस आ गया न। तुम भी खाना खा के जाना।"

"नहीं अम्मा, अभी हमें जाना है, बाद में आएंगे, तब खा लेंगे। अभी चलते हैं अम्मा, ददा से घाट में मिल लेंगे।" चवन्नी अम्मा के पैर छूता है और निकल जाता है। पार्वती भी उसे नहीं रोकती है।

रत्नाकर को रास्ते में अपने आँगन में ट्रक खड़ा हुआ दिख जाता है। वह दौड़कर घर आता है। यह तो उसका ही ट्रक है, जिसे पहलवान और सिद्धांत ने मिलकर हथिया लिया था। वह ट्रक को ऐसे देखता है जैसे पहली बार देख रहा हो। उसे देखकर पार्वती घर के बाहर आती है।

"अम्मा, यह ट्रक यहाँ कैसे?"

"पूरा बनारस जानता है कि इसे चवन्नी ने कैसे छुड़वाया है। सिर्फ तुम्हीं को नहीं पता है। वही छोड़ गया है।"

इतना सुनते ही रत्नाकर को एक झटका लगता है। वह तो चवन्नी को कुछ और ही समझ रहा था, जो पैसे के लिए कुछ भी कर सकता है। लेकिन वह तो ट्रक छुड़वाने के लिए यह सब कर रहा था। वह इसके लिए

जेल भी चला गया। और यह बात सिर्फ उसे ही नहीं पता है। उसे अब भी विश्वास नहीं हो रहा कि चवन्नी यह काम कर सकता है। अब वह जानना चाहता है कि चवन्नी ने यह किया कैसे?

"कहाँ गया चवन्नी?"

"हमें क्या पता। तुम्हारा दोस्त है, तुम्हें पता होगा?" अम्मा चिढ़ते हुए कहती है। "अरे, उसे छुड़ाने के बजाय तुमने थाने में जाकर उसे भला-बुरा कह दिया। एक बार तो पूछ लिया होता उससे कि चवन्नी, यह सब तुम क्यों कर रहे हो? पर तुम तो रिश्ते खत्म कर आए।"

अपनी माँ की बात सुनकर रत्नाकर पिछले कड़ियों को जोड़ने लगता है। उसे कुछ तो समझ में आता है। अब वह चवन्नी से मिलना चाहता है। वह वापस घाट की तरफ जाने लगता है।

"अकेले वापस मत आना, उसे साथ लेकर आना।" पीछे से पार्वती कहती है।

रत्नाकर सड़कों पर चवन्नी को ढूँढ रहा है। कभी वह ऑटो रुकवाकर दौड़कर किसी को देखता है, तो कभी उन जगहों पर जहाँ वह मिलते हैं, उसे ढूँढता है। रत्नाकर घाट पर भी जा कर देखता है। ऑटो वाला शीशे में रत्नाकर की परेशानी देखता है। आखिरकार वह उससे पूछता है कि अब कहाँ जाना है। रत्नाकर कुछ जवाब नहीं दे पाता। वह ऑटो सड़क किनारे रोक देता है। तभी रत्नाकर को कुछ सूझता है। वह कहता है, "चलो।" ऑटो एक संकरी सी गली के पास आकर रुकती है। रत्नाकर उतरकर दौड़ते हुए जाता है और देखता है कि चवन्नी एक बंद दुकान की सीढ़ियों पर बैठा है। रत्नाकर दौड़कर उसे गले लगा लेता है। दोनों रोने लगते हैं।

"साले, तुम बहुत बड़े हो गए हो। अकेले अपने ददा की परेशानी दूर करने चले। सारा क्रेडिट अकेले लेना चाहते थे। और एक हम जो तुम पर शक कर रहे थे। चाहो तो मार लो तमाचे हमको," अपना गाल बढ़ाते हुए कहता है।

"क्या कह रहे हो ददा आप? गलती तो हम किए थे, मार तो हमें पड़नी चाहिए," कहकर चवन्नी भी अपना गाल बढ़ाता है।

"मन तो बहुत कर रहा है कि दें दो-चार। हमको छोड़कर जा रहे थे? सारा शहर नाप लिया तुमरी तलाश में, फिर जान गए कि जहाँ से लाए

थे, वहीं मिलोगे। और देखो, तुम भी वैसा ही सोचो। भाई जो हो हमारे।"

चवन्नी फूट-फूट कर रोता है।

"अब रो नहीं, मिट्टी डालो जो हुआ उसपर। अम्मा बोली है, जब तक चवन्नी नहीं आएगा तब तक खाना नहीं मिलेगा। साले, भूखे मरोगे क्या? चलो।"

चवन्नी रोते-रोते हँसता है। दोनों चलते हुए दूर खड़ी ऑटो की तरफ बढ़ते हैं और जाकर उसमें बैठ जाते हैं। ऑटो चल पड़ती है।

चवन्नी के वापस आने से मुखाग्नि को नया जीवन मिल गया है। चवन्नी, रत्नाकर, शिवा और रहमत एक-एक करके मुखाग्नि के सभी लंबित या स्थगित कार्यों को निपटाने में जुट जाते हैं। वे सभी बुजुर्गों के साथ मिलकर पेड़ लगाना शुरू कर देते हैं। यह मुखाग्नि की यूएसपी बनने जा रही थी। मुखाग्नि हर दाह संस्कार के लिए एक पेड़ लगाते हैं। रत्नाकर और चवन्नी विभिन्न एनजीओ के दफ्तरों में जाना शुरू करते हैं। वे वहां फंड जुटाने के लिए लोगों से बात करते हैं। दो-तीन एनजीओ से बात करने के बाद उन्हें एक एनजीओ में सफलता मिल जाती है। उनके हाथ में एक एल्बम भी है और वे इसे नए ग्राहकों को दिखा रहे हैं और नए फॉर्म भरवा रहे हैं। एल्बम में अंतिम संस्कार की तस्वीरों के साथ-साथ पेपर कटिंग भी हैं, जिसमें एक फोटो में वे एएसपी से हाथ मिलाते हुए और कुछ एनजीओ के अध्यक्षों से बात करते हुए नजर आ रहे हैं। वह अपने ग्राहकों के साथ गंगा घाट में योग, नाटक और भजन भी करवाना शुरू करवाता है।

सुबह सुबह गंगा घाट पर सत्संग का अपना ही सुख है। मुखाग्नि से सम्बद्ध सभी बुजुर्ग, पुरुष और महिलाएं घाट पर बैठे हैं। वरुण, उत्तम, विश्वाश और धनी भी वहीं हैं। रत्नाकर और चवन्नी दूर खड़े हो कर रजिस्टर में कुछ लिख रहें हैं। लाइफ कोच सभी को सम्बोधित करतें हैं।

"जीवन अनुभवों की एक लंबी यात्रा है। कुछ अच्छे अनुभव और कुछ बुरे अनुभव। जीवन यात्रा के अंतिम पड़ाव पर, आप सब अपने सभी अनुभवों की समीक्षा कीजिये। जहाँ भी आपकी गलती महसूस होती है क्षमा मांगिये। दूसरों की गलती के लिए क्षमा कीजिये। परलोक के लिए खुद को तैयार करने की कोशिश कीजिये। परलोक की यात्रा कैसे आरम्भ

करनी है इसके लिए रत्नाकर तो हैं ही।"

भीड़ रत्नाकर के लिए ताली बजाती है। रत्नाकर गर्व महसूस करते हैं और उन्हें धन्यवाद देने के लिए हाथ जोड़ता है। चवन्नी रजिस्टर में कुछ लिख रहा है।

लाइफ कोच सभी को बैकुंठ यात्रा की जानकारी पुरे विस्तार से बताने लगते है।

रत्नाकर और चवन्नी वहां से निकल कर थोड़ी दूर आ जाते हैं। और आपस में बात कर रहे हैं।

"सभी बुज़ुर्गवार कड़क दिख रहे हैं। फिलहाल अभी कोई सरकने वाला नहीं है। सत्संग का असर हो रहा है।" चवन्नी कहता है।

"सब आये है या कोई बचा भी है?" रत्नाकर पूछता है।

"100% अटेंडेंस होता है सत्संग में। हमारे प्रोग्राम का भौकाल ही ऐसा है कि

सब के सब आतें हैं। " चवन्नी गर्व के साथ कहता है।

सत्संग का आईडिया चवन्नी का ही था। इससे एक तो ,सत्संग में इनका ढेर सारा समय काट जाता है। दूसरे, मुखाग्नि से सम्बद्ध सभी बुज़ुर्गवार एक - दूसरे से परिचित हो जाते हैं। जिससे ये सभी मुखाग्नि के अंतिम यात्रा में शामिल होते हैं।

सत्संग चल रहा है। सभी बुज़ुर्गवार बैकुंठ यात्रा का अनुभव ले रहे है।

लाइफ कोच भी ऐसे बता रहा है जैसे उसने खुद ही बैकुंठ यात्रा की हो।

मुंशीजी, दरोगा बाबू और गंगा प्रसाद अक्सर टहलने के बाद चाय पर चर्चा करते हैं। और इसके लिए सबसे अच्छी जगह पड़ोस की चाय की दुकान है। यहां उन्हें चाय के साथ-साथ अखबार भी मिलता है। और अखबार से चर्चा का विषय भी। आज मुखाग्नि और वृक्षारोपण चर्चा का विषय है।

"रत्नाकर इन दिनों अखबार और गंगा घाट पर खूब चर्चा में हैं। वृक्षारोपण एक शानदार काम है। लोग इसे पसंद भी कर रहे हैं।" दरोगा बाबू रत्नाकर की तारीफ करते हैं।

"जब अंतिम संस्कार को बिज़नसे बना लिया है, तो हमेशा गंगा घाट में रहना ही पड़ेगा। इसमें बड़ा बात क्या है?" मुंशी जी, जो दाहसंस्कार के

काम सेवा के रूप में देखते हैं। उनका मानना है कि मुखाग्नि को बिज़नेस नहीं बनाया जाना चाहिए। कहते हैं।

"क्या कहें? बहुत मना किए, ये काम बंद करने के लिए। पर मानता ही नहीं है। लगता है रत्नाकर हांथे से निकल गया है। " गंगा प्रसाद अपनी सहमति और लाचारी दोनों बतातें हैं।

पहली बार मुंशी जी की किसी बात पर गंगा प्रसाद एक बार में सहमत हुए हैं। "हाथ से कैसे निकल जायेगा। हम रहते तो उसको संपत्ति से बेदखल कर देते,

घर से निकाल देते। तुरंत होश टिकने आ जायेगा। हम तो कहते हैं , तुम भी यही करो। " मुंशी जी रत्नाकर को काबू में करने का उपाय बताते हैं।

"क्या उल्टा पुल्टा सिखा रहे हो मुंशी। अरे नया बच्चा लोग है और इन लोग हमसे ज्यादा ऊंच-नीच समझता है। हम-तुम परिवार में रहते हैं तब ना। जो परिवार में नहीं है उनसे पूछो अंतिम संस्कार का डर। हमको तो इसमें कोई बुराई नहीं दिखता है। रत्नाकर टिक काम कर रहा है, करने दो उसको। " दरोगा बाबू को मुखाग्नि में कोई बुराई नहीं दिखती है।

"बुराई काहे नहीं है। अर्थी के आग में घर की रोटी नहीं सेकी जाती है।" मुंशी जी के इतना बोलते ही, गंगा प्रसाद के दिमाग में उथल पुथल मच जाती है। उनकी बेचैनी चेहरे पर साफ दिखाई देने लगती है। दरोगा बाबू बात को सम्भाने के लिए

"सर्विस देगा तो सर्विस चार्ज तो लेना ही पड़ेगा। समय और श्रम दोनों झोंक रहा है इस काम में। लावारिस लाशों का भी तो अंतिम संस्कार कर रहा है। वह मानवता का काम नहीं है क्या? उसमें पैसा नहीं लगता है? हर नए काम को लोग बाग और

समाज पहले रोकते हैं। कुछ लोग घृणा भी करते हैं। लेकिन समय बता देता है कि काम चलेगा कि नहीं।" कहतें हैं।

लेकिन मुंशी जी की बात तो अपना काम कर चुकी है। गंगा प्रसाद सिर निचे किये ये सब सुन रहें है। जाने उनके दिमाग में क्या चल रहा है।

रत्नाकर और चवन्नी सिटी हॉस्पिटल के शवदागृह जा रहे हैं। कल रात धनी जी की तबियत काफी खराब हो गई थी। वरुण बाबू बाकियों के साथ रात में धनी जी को सिटी हॉस्पिटल लाए थे, लेकिन उनका देहावसान रास्ते में ही हो गया था। सो, उनकी लाश को हॉस्पिटल वालों ने शवदागृह में रखवा दिया था। रत्नाकर और चवन्नी वही लेने जा रहे हैं। तभी रत्नाकर के मोबाइल की घंटी बजती है। यह तो एएसपी ऑफिस से कॉल है। रत्नाकर कॉल लेता है।

"हेलो रत्नाकर, एक लावारिस लाश पड़ी है सिटी हॉस्पिटल के मोर्ग में। सर ने आपको इन्फॉर्म करने को बोला है और उसका क्रियाकर्म करने का भी आदेश दिया है। डिटेल्स आपको इसी नंबर पर व्हाट्सएप कर रहा हूँ।" और फोन कट जाता है।

रत्नाकर बहुत खुश हो जाता है, क्योंकि पुलिस डिपार्टमेंट से काम लेने के लिए कई बार चक्कर लगा चुका था। और अब सीधे एएसपी ऑफिस से काम अलॉट हुआ है। और व्हाट्सएप में डिटेल्स भी आ चुका है। दोनों मोर्ग पहुँचते हैं। सिटी हॉस्पिटल के ग्राउंड फ्लोर पर दो कमरों का सेटअप है, जिसका एंट्रेंस पीछे से है। पहले कमरे में एक क्लार्क बैठा है कुछ फाइलों के साथ और एक आदमी दूसरे कमरे में है, जो फ्रीजर से लाशें निकालकर देता है। दोनों कमरों के बीच एक दरवाजा है, जिसमें से एक बार में एक ही स्ट्रेचर निकल सकता है। रत्नाकर दोनों लाशों के लिए लिखापढ़ी करवाना शुरू करता है और एक-एक करके दोनों लाशें उसे मिल जाती हैं। चवन्नी वहीं से शववाहनों का इंतजाम करता है और कुछ साथियों को भी बुलवाता है।

पिछले प्रवेश द्वार पर शववाहन पहुंचते हैं। रत्नाकर अकेले शवों को स्ट्रेचर में लेकर वाहनों तक पहुँचता है।

"तुमने पंडित जी से बात की?" चवन्नी से पूछता है।

"हाँ, बात हो गई है। वह वृद्धाश्रम पहुँच चुके हैं।"

"अरे, मैं पुलिस वाले के लिए पूछ रहा हूँ। किसी को बोला है विद्युत् शवदाह गृह जाने?"

जैसे ही चवन्नी कुछ बोलने की कोशिश करता है, तभी पीछे से क्लार्क की आवाज आती है।

"इसका साइन कौन करेगा?"

रत्नाकर जोर से "आता हूँ!" और चवन्नी से कहता है, "तुम जल्दी करो यार। मुझे वरुण जी को भी बताना है कि हम धनी जी का शव लेकर पहुँच रहे हैं।"

रत्नाकर काउंटर पर जाकर साइन करता है। चवन्नी एम्बुलेंस वाले को शवों को अलग-अलग वाहनों में रखने के लिए बोलता है। फिर पंडित जी को कॉल करके बात करने लगता है। वह पंडित जी को लावारिश लाश और उसके दाह संस्कार के बारे में बताता है और उन्हें विद्युत् शवदाह गृह पहुंचने के लिए कहता है। रत्नाकर साइन करके आता है। वहां दोनों शवों को अभी भी बाहर देख गुस्से में आ जाता है और चवन्नी पर चिल्लाता है।

"क्या कर रहे तुम लोग? अभी तक लाश बाहर है। अंदर रखो और निकलो यहाँ से।"

चवन्नी और ड्राइवर मिलकर शवों को एक-एक कर अंदर रखते हैं। एक एम्बुलेंस शव लेकर निकल जाती है। दूसरी एम्बुलेंस में चवन्नी और रत्नाकर दूसरा शव लेकर निकल जाते हैं।

वृद्धाश्रम के आंगन में शव को एम्बुलेंस से निकालकर अर्थी पर रख दिया जाता है। माहौल बहुत ही गंभीर है। शिवमंत्र उच्चारण शुरू करता है। फोटोग्राफर अलग-अलग एंगल से फोटो खींचने लगता है। फूलवाला फूल लगाना शुरू करता है। जब फूल अर्थी को पूरी तरह से ढकने वाला होता है, तो विश्वास, सबसे पहले फूल लेकर लाश के करीब आता है। श्रद्धांजलि अर्पित करने के बाद धनी के चेहरे को देखता है।

"यह धनी नहीं है!" विश्वास के चिल्लाते ही माहौल अशांत हो जाता है। सभी बुजुर्ग एक-दूसरे को देखते हैं। "यह तो कोई और ही है।"

रत्नाकर भौंहें सिकोड़ते हुए कहता है, "ठीक से दिखता है ना आपको? यह धनी जी की लाश है। मैं अभी अस्पताल से ही लेकर आ रहा हूँ।" विश्वास को विश्वास दिलाना चाहता है।

वरुण और बाकी लोग नजदीक आकर देखते हैं। सभी एक स्वर में बोलते हैं, "ये धनी नहीं हैं।" रत्नाकर और चवन्नी भी करीब आकर लाश को देखते हैं, फिर दोनों एक-दूसरे को देखते हैं। आंखों-आंखों में कुछ तय

करते हैं। लाश को एम्बुलेंस में डालकर बैठते हैं। एम्बुलेंस वृद्धाश्रम से निकलती है। पीछे कई सवाल छोड़ जाती है।

रत्नाकर एम्बुलेंस में बैठकर आतुरता से पंडित जी को फोन करने लगता है। कोई जवाब नहीं मिल रहा है। चवन्नी, ड्राइवर पर चिल्लाने लगता है ताकि वह तेजी से चलाए।

पंडित जी का फोन एम्बुलेंस में ही वाइब्रेट हो रहा है, जो विद्युत शवदाह गृह के पार्किंग में खड़ी है। अंदर पंडित जी, धनी की लाश को इलेक्ट्रिक चेंबर में डालने के लिए वैदिक मंत्रोचार के साथ कहते हैं। धनी की लाश राख का ढेर में बदल जाती है।

रत्नाकर और चवन्नी जब विद्युत शवदाह गृह के गेट पर पहुंचते हैं, तो अंदर से पंडित जी वाली एम्बुलेंस आ रही होती है। दोनों एम्बुलेंस रुकती हैं।

"दाह संस्कार हो गया?" रत्नाकर चिल्लाकर पूछता है और तेजी से पंडित जी के पास आता है।

"हाँ, सब कुछ बहुत बढ़िया से करवा दिया। अस्थि कलश भी ले लिया है। अभी जाते-जाते गंगा में विसर्जित कर देंगे।" पंडित जी का जवाब सुनते ही "बहुत बढ़िया पंडित जी।" चवन्नी व्यंग्यात्मक स्वर में कहता है।

"काहे, कुछ अनिष्ट हो गया क्या?" पंडित जी शंका व्यक्त करने लगते हैं।

"आपने जिनका अंतिम संस्कार किया है, वह धनी थे। और पुलिस वाले लाश को, तो हम लेकर घूम रहे हैं।" रत्नाकर निराश होकर कहता है। क्योंकि, उसे अब सभी बुजुर्गों के कोप का भाजन बनना पड़ेगा।

"अब क्या होगा?"

"होगा क्या? इनका भी अंतिम संस्कार कीजिए। और अस्थि ले जाकर विसर्जित कर दीजिए। हम लोग धनी जी के साथ बढ़ते हैं।" पंडित जी पूछने पर रत्नाकर कहता है और धनी जी का अस्थि कलश लेकर, चवन्नी के साथ एम्बुलेंस में बैठकर वृद्धाश्रम के लिए निकल पड़ते हैं।

वृद्धाश्रम में सभी के लिए एक-एक पल बहुत भारी हो रहा है। एंबुलेंस वृद्धाश्रम पहुँचती है। रत्नाकर एंबुलेंस से उतरता है। सभी बुजुर्ग धनी

की लाश को देखना चाहते हैं। सभी एंबुलेंस में झांकने लगते हैं, लेकिन लाश कहीं नहीं दिखती। तभी चवन्नी अस्थि कलश के साथ प्रकट होता है। सभी एक साथ पूछते हैं,

"क्या हुआ? धनी कहां है?"

चवन्नी हकलाते हुए कहता है, "वह... वह..."

"बोलो भाई, धनी के लाश का क्या हुआ?" वरुण बाबू पूछते हैं।

"वह... वह बात यह है कि..." चवन्नी इससे आगे नहीं कह पाता।

अब वरुण बाबू का धैर्य जवाब दे चुका है, वो जोर से चिल्लाते हैं,

"क्या हुआ?"

पूरा वृद्धाश्रम शांत हो जाता है। शिवा, चवन्नी के पीछे जा कर खड़ा हो जाता है। रत्नाकर साहस बटोर कर कह देता है, "हमारे वहां पहुंचने से पहले ही, पंडित जी उनका अंतिम संस्कार कर चुके थे।"

इतना सुनते ही सभी बुजुर्गवार सकते में आ जाते हैं। वरुण बाबू की आँखों में आंसू होते हैं।

"हे भगवान! यह क्या कर दिया..." रत्नाकर उनके पास जाकर कहता है, "पूरे विधि-विधान के साथ उनका अंतिम संस्कार हुआ है। अब इसमें हमारी क्या गलती है? हम लोग तो जल्दबाजी में ही वहां पहुंचे, पर पहुंचने से पहले ही..."

"क्या गलती है? सब गड़बड़ तुम लोग ही कर रहे हो, और बोलते हो कि हमारी क्या गलती है। बोला था कि आप सब का अंतिम संस्कार आपकी इच्छा से होगा। क्या हुआ धनी के साथ? करवा दिया उसका अंतिम संस्कार लावारिस लाश के जैसा?" विश्वास रत्नाकर को अपनी बात पूरी नहीं करने देते।

"हम लोगों ने पूरे पैसे जमा किए थे तुम्हारे पास। अब तुम लोग तो अपना मनमर्जी करोगे ही न। तुम्हारे बाप की लाश होती तो तुम समझते।" उत्तम रत्नाकर को ताना मारते हैं।

रत्नाकर में अपराधबोध तो था, पर शायद अपने पिताजी के ऊपर कटाक्ष बर्दाश्त नहीं कर पाया। उसने भी कह दिया, "हम भगवान हैं क्या? गलती इंसान से ही होती है। अभी गलती हो गई।"

इतना सुनते ही वृद्धाश्रम के सभी बुजुर्ग गुस्से में आ जाते हैं।

वरुण बाबू एकाएक रत्नाकर के पास आते हैं, "गलती हो गई?" और उसे एक थप्पड़ जड़ देते हैं, "चले जाओ यहां से।"

सभी बुजुर्ग और आसपास खड़े लोग अवाक हो जाते हैं। चवन्नी, शिवा, फोटोग्राफर, फूलवाला, रहमत, बैंडवाला, सभी जाने लगते हैं। रत्नाकर भी वहां से जाने लगता है।

रत्नाकर दुखी मन से अपने घर पहुँचता है। पार्वती उसे देख कर पूछती है, "बेटा, सब ठीक है?"

रत्नाकर कोई उत्तर नहीं देता और छत पर चला जाता है।

रत्नाकर अपने छत पर बैठा है। तभी मालती भी अपने छत पर आती है और रस्सी से सूखे कपड़े उतारने लगती है। रत्नाकर उसे देखता है। उसे कुछ कहना चाहता है, तभी मंगल प्रसाद भी छत पर आ जाते हैं। रत्नाकर छत से नीचे अपने घर जाता है।

रत्नाकर और बाबूजी बिना एक-दूसरे से बात किए खाना खा रहे हैं। पार्वती दोनों को खाना खिला रही है। रत्नाकर उठकर अपने कमरे की तरफ चला जाता है।

अगले दिन घाट की सीढ़ियों पर रत्नाकर पूजा कर रहा है और शिवा मंत्र उच्चारण कर रहा है। पास में चवन्नी एक पौधा लेकर खड़ा है। पूजा समाप्त होने के बाद सभी नाव में बैठ कर बुजुर्गों का इंतजार करते हैं। रहमत आता है, हाथ से इशारा करता है, 'कोई नहीं आए।'

गंगा नदी की दूसरी तरफ रत्नाकर, चवन्नी और शिवा पेड़ लगा रहे हैं। ये पेड़ धनी जी के नाम पर लगाया जा रहा है। सभी लोग पेड़ लगा कर वहीं बैठ जाते हैं।

सब शांत हैं। शिवा शांति भंग करता है,

"धनी जी का गहरा सदमा लगा है सबको।"

"हाँ लगा तो है, पर उम्मीद है थोड़े दिन में ठीक हो जाएंगे," रत्नाकर दोनों हाथ जोड़ कर, सूरज को देखते हुए कहता है।

"इस बार मामला गंभीर है," रहमत अनिष्ट शंका जाहिर करता है।

रत्नाकर, रहमत के चेहरे के भाव को पढ़ना चाहता है। रहमत यह सोचकर कि उसने कुछ गलत तो नहीं कह दिया, दूसरी ओर देखने लगता है।

लाइफ कोच का प्रवचन समाप्त होता है। 2-4 बुजुर्ग जो उनके सामने बैठे थे, उठ कर इधर-उधर जाने लगते हैं। लाइफ कोच चलता हुआ रत्नाकर के पास आता है।

"क्या हुआ? आज तो अटेंडेंस एकदम कम हो गया।"

"धनी जी के स्वर्गवास का सदमा है। थोड़े दिन में सब ठीक हो जाएगा। आप इसकी चिंता मत कीजिए," रत्नाकर उनको कारण बताता है।

"मैं क्यों चिंता करूंगा? एक आए या हजार, अपना तो मीटर डाउन है," लाइफ कोच हंसते हुए कहता है। रत्नाकर को उसका हंसना अच्छा नहीं लगता है।

सभी बुजुर्ग घाट पर अपने नियमित जगह पर बैठे हुए हैं। रत्नाकर जैसे ही वहां पहुंचता है, बुजुर्गवार वहां से दूर जाकर बैठ जाते हैं। रत्नाकर उन सबको देखता है। रत्नाकर थोड़ी देर बैठा रहता है। उसके बाद उठकर जाने लगता है। रत्नाकर के घूमते ही सनातन धर्म रक्षा समिति के लोग आ जाते हैं।

"दाह संस्कार हानि और लाभ का विषय नहीं है। मुनाफ़ा कमाने के लिए तुम लाश को बदल देते हो। ये सब बातें बर्दाश्त नहीं की जाएंगी।" इतना कहते ही सभी उस पर टूट पड़ते हैं। सनातन धर्म रक्षा समिति के लोगों को एक मौका मिला है, पिछला हिसाब बराबर करने का।

रत्नाकर के कुछ बोलने से पहले ही उसकी पिटाई शुरू हो जाती है। वह मदद की आशा से बुजुर्गों को देखता है। आसपास के लोग रत्नाकर को बचाते हैं। तभी वरुण बाबू और बाकी बुजुर्ग देखते हैं और वे भी रत्नाकर को बचाने के लिए दौड़ पड़ते हैं।

"सनातन धर्म का अपमान बर्दाश्त नहीं किया जाएगा। तुम यह मत समझो कि इनका कोई नहीं है तो तुम जैसे चाहो वैसे बिजनेस कर लोगे। अभी भी समय है, सोच लो," सनातन धर्म रक्षा समिति का नेता चेतावनी देते हुए उसे छोड़ देता है। रत्नाकर के चेहरे पर कोई भाव नहीं। वह एकदम शांत है। "इस पाप के प्रायश्चित के लिए, दुगुना सहयोग राशि 1 हफ्ते के अंदर जमा करें। अभी हम लोग ट्रेलर दिखाए हैं। पिक्चर भी दिखा सकते हैं," नेता और उसके चमचे वहां से चले जाते हैं। वरुण बाबू

और सभी बुजुर्ग रत्नाकर को घृणा की दृष्टि से देखते हैं और चलने लगते हैं। रत्नाकर दुखी होकर अपने हाथों में मुँह छुपा लेता है।

समय अपने हिसाब से चलता रहता है, और यह खबर पुरे घाट में फैल चुकी है। मालती तक भी पहुँच गई है। मालती को बहुत बुरा लगता है। वह रत्नाकर को छत पर...

"जिस रफ्तार से तुम जा रहे थे, हमें लग रहा था कुछ गड़बड़ होगी, आगाह भी किया था तुम्हें, मगर तुम्हें सिर्फ पैसा दिख रहा था। किसी की आखिरी इच्छा में धोखा करना कोई छोटी सी गलती नहीं है। तुम इनके अंतिम इच्छा से खेल रहे हो। सोचो।" रत्नाकर, मालती को देखते रह जाता है।

"हमें घूरने से कुछ नहीं होगा, अपनी गलती मानो और उसका प्रायश्चित करो। और अब इसमें पैसे का मुँह नहीं देखना।"

रत्नाकर नजरें झुका लेता है।

"और जब तक वह न हो जाए, हमसे मत मिलना, चाहे हम खुद ही क्यों न कहें।"

मालती उठ कर चली जाती है। रत्नाकर वहीं बैठा रह जाता है।

अगले दिन, रत्नाकर घाट पर अकेला बैठा है। अब उसकी दिनचर्या ही लगभग ऐसी हो गई है। किसी दिन पुल के नीचे अकेला बैठा है, तो किसी दिन मणिकर्णिका घाट पर लाशों को जलते देखता गुजर जाता है।

दिन तो दिन, रत्नाकर को अब रातों में भी चैन नहीं है। उसके सपने में, धनी जी रत्नाकर से कह रहे हैं, "साइन तो हम कर रहे हैं, पर मेरी अर्थी में कम से कम एक चंदन की लकड़ी जरूर डालना। समझे?"

रत्नाकर अचानक उठता है। वह इधर-उधर देखता है, फिर खिड़की के पास जाकर बाहर देखता है। खिड़की के बाहर धनी खड़ा है। वह रत्नाकर से पूछता है, "यह क्या कर दिया तुमने?"

रत्नाकर खिड़की बंद करता है और सिर पकड़ कर सीधे बिस्तर में गिर जाता है। उसे अब नींद कहाँ है?

सुबह-सुबह रत्नाकर, वृद्धाश्रम के दरवाजे के बाहर खड़ा हो जाता है। वृद्धाश्रम की सुबह अभी नहीं हुई है। सभी बुजुर्ग अभी भी सो रहे हैं। वरुण बाबू दरवाजा खोलते हैं। सामने रत्नाकर को देख कर दरवाजा बंद

करना चाहते हैं, लेकिन रत्नाकर उन्हें दरवाजा बंद करने से रोक देता है और अंदर चला जाता है। "मुझे आप लोगों से बात करनी है।" "हमें कोई बात नहीं सुननी है तुम्हारी," वरुण बाबू की आवाज़ ऊंची तो नहीं थी, पर सुबह के शांत वातावरण को अशांत करने के लिए काफी थी। "ऐसा मत कहिए। मुझसे बहुत बड़ी गलती हो गई है। मैं प्रायश्चित करना चाहता हूँ। समझ में नहीं आ रहा है, कैसे करूँ?"

उत्तम, विश्वास और बाकी बुजुर्ग जग चुके हैं, एक-एक करके बैठक में आने लगते हैं। रत्नाकर किसी से नजरें नहीं मिला पा रहा है। नज़रे नीचे किए हुए रत्नाकर अपनी बात शुरू करता है,

"बाबूजी शुरू से ही मेरे बिजनेस करने के खिलाफ थे, और मैं बिजनेस ही करना चाहता था। जब भी मेरा बिजनेस डूबा, बाबूजी ने हमेशा मुझे लताड़ दिया। छोटा बता दिया, दिमाग से भी और प्रयास से भी।"

सभी कोई-कोई अपनी-अपनी जगह पर बैठ हैं। बैठक में सिर्फ वरुण बाबू और रत्नाकर ही खड़े हैं। रत्नाकर में बैठने का साहस नहीं है और वरुण बाबू बैठना नहीं चाहते हैं। वह तो सुबह की सैर के लिए जाने वाले थे। इसीलिए वह रत्नाकर की बातों में ध्यान नहीं दे रहे हैं। रत्नाकर भी समझ गया है, पर आज उसे अपनी बात कहनी है, सो वह अपनी बात जारी रखता है।

"बाबूजी के रिटायरमेंट का सब पैसा लगाकर ट्रक खरीदा, पर वह भी पहलवान और वास्तु बिल्डर की मिलीभगत से प्यारा हो गया।"

वास्तु बिल्डर का नाम आते ही, वरुण बाबू असहज हो जाते हैं। अब वह भी बैठ जाते हैं।

रत्नाकर अपनी बात जारी रखता है - "बाबूजी और होने वाले ससुरजी दोनों दबाव देने लगे कि नौकरी कर लो। नौकरी करने की कहीं से भी मेरी इच्छा नहीं थी।

घाट वाली घटना से मुझे इस बिजनेस का आइडिया मिला। आप लोगों को डरा कर तैयार करा लिया। बिजनेस भी निकल पड़ा। अब तक मैं इसे बिजनेस ही मानता था। मुझे लगा इससे मेरी सारी मुसीबतें खत्म हो जाएंगी। इतना पैसा आ जाएगा कि मैं ट्रक भी छुड़ा लूंगा। पर अब नहीं। मुझे एहसास हो गया है कि

किसी की अंतिम इच्छा से बढ़कर कुछ नहीं है। गलती इतनी बड़ी है कि मैं आप लोगों से माफी नहीं मांग सकता। अब मैं इसे बिजनेस की तरह नहीं, सेवा की तरह करना चाहता हूँ। और अगर आप लोग नहीं चाहते हैं तो मैं आप लोगों का सारा पैसा वापस कर दूंगा। आपका फैसला कुछ भी हो, मुझे अपने पाप का

प्रायश्चित करने का एक मौका दीजिए।"

अपनी बात खत्म करते हुए, दोनों हाथ जोड़ता है और वरुण बाबू के पास जाता है। सभी बुजुर्ग एक दूसरे को देखते हैं।

"जो कुछ भी तुम कह रहे हो, वह सच ही होगा। अपर यह भी सच है कि हम धनी की आखिरी इच्छा पूरी न कर सके और वह तुम्हारी गलती की वजह से। जो कुछ तुम्हें अब महसूस हो रहा है, अगर उसका एहसास पहले ही होता, तो वह गलती तुम कभी नहीं करते।"

रत्नाकर फूट-फूट कर रोने लगता है।

"मुझे तुमसे हमदर्दी है, पर माफ़ करना फिर भी मुश्किल है। तुमने उम्मीद जगाई ही नहीं होती तो ये निराशा इतनी खलती नहीं। जहां तक रही पैसे की बात, वह तुम जानो और तुम्हारा धंधा।" कह कर, वरुण बाबू सभी बुजुर्गों पर एक नजर डालते हैं और सैर के लिए निकल पड़ते हैं। उनके पीछे-पीछे सभी लोग भी निकल पड़ते हैं।

रत्नाकर अकेला खड़ा रह जाता है। पर अब वह पहले से बहुत हल्का महसूस कर रहा है।

पिछले कुछ दिनों से शिवा और चवन्नी की मुलाकात रत्नाकर से नहीं हुई है। रत्नाकर की पिटाई भी हो चुकी है, फिर भी वह शिवा, चवन्नी और रहमत से नहीं मिला है। रहमत तो अपनी दुकान छोड़कर नहीं निकल सकता है, इसलिए शिवा और चवन्नी रत्नाकर से मिलने के लिए निकले हैं। चवन्नी, रत्नाकर के घर से होते हुए आया है। शुरुआत घाट से ही करते हैं। रत्नाकर भी वृद्धाश्रम से घाट की तरफ ही आ रहा है। सभी घाट पर ही मिल जाते हैं। शिवा डैमेज कंट्रोल की बातें शुरू करता है। "अगर अंतिम संस्कार ठीक से नहीं हो पाया हो, तो हमें उनका पिंड दान, गया जाकर कर देना चाहिए। अंतिम संस्कार की सारी गलतियाँ, पिंड दान से सुधर जाएंगी। प्रायश्चित की यही विधि बताई गई है।"

"तो हम गया चलते हैं। पिंड दान करके सबको खुश कर देते हैं। इससे मुखाग्नि का नया इमेज भी बन जाएगा।" चवन्नी मुस्कुराते हुए कहता है। वह खुश है क्योंकि उसे गया जाने का मौका मिलेगा।

रत्नाकर को भी यह उपाय अच्छा लगता है, परंतु उसके मन में शंका भी है। वरुण बाबू मानेंगे कि नहीं?

"वरुण बाबू और उनके साथियों को मैं इसके लिए राजी करवा लूंगा। अरे, ब्राह्मण हूँ, मेरा बताया उपाय सभी मानेंगे। उन लोगों का भी तीर्थ हो जाएगा।" शिवा के आत्मविश्वास को देखकर, रत्नाकर उससे कहता है, "तो फिर देर किस बात की, हम गया चलते हैं।"

"शिवा, तुम वृद्धाश्रम को तैयार करवाओ। आप अपनी तैयारी करिए। मैं सबके लिए यात्रा की तैयारी करता हूँ। अभी निकलना चाहिए यहाँ से।" चवन्नी एक तरह से सबको काम सौंप देता है।

गंगा प्रसाद देख रहे हैं कि रत्नाकर कहीं बाहर जाने की तैयारी कर रहा है। वह अपने कपड़े-लत्ते बैग में रख रहा है। दोनों मन ही मन एक-दूसरे को टोकने का इंतजार कर रहे हैं। रत्नाकर को गया जाने की बात बाबूजी को बतानी भी है। वह चाहता है कि बाबूजी ही उससे पूछें, पर बाबूजी तो बाबूजी हैं।

पैकिंग पूरी होने के बाद रत्नाकर ही पहल करता है।

"बाबूजी, हम दो दिन के लिए गया जा रहे हैं।" "क्यों जा रहे हो?" "हमसे एक पाप हो गया था, उसी का प्रायश्चित करने के लिए।" "कैसा पाप? कैसी प्रायश्चित?" बाबूजी यह पूछकर जताना चाहते हैं कि उन्हें कुछ पता नहीं है, जबकि पूरे बनारस को मुखाग्नि की गलती के बारे में मालूम है।

रत्नाकर बिना कहे भी धनी बाबू वाली बात बताते हुए कहता है,

"उनका अंतिम संस्कार उनकी इच्छा के विरुद्ध हो गया था।"

"खबरदार! कहीं जाने की कोई ज़रूरत नहीं है। बहुत हो गया तुम्हारा बचपना। अब यह सब बंद करो। नौकरी नहीं करनी है तो घर में बैठो। जब तक ज़िंदा हूँ, तुम्हें खिला सकता हूँ।"

रत्नाकर के लिए यह नया सुर था, पर मन ही मन वह भी इसी सुर को सुन रहा था। उसने तय कर लिया था कि इस प्रायश्चित के बाद मुखाग्नि

देना बंद कर देगा, पर वह अभी इस पर कोई बात नहीं करना चाहता था।

"जाना ज़रूरी है, बाबूजी। प्रायश्चित ज़रूरी है।" "अगर गए, तो लौटना मुश्किल होगा, ध्यान रखना रत्नाकर।"

बाबूजी की यह बात सुनकर रत्नाकर ठिठक जाता है। अब वह क्या करेगा? वह बड़ी कातरता से बाबूजी को देखता है, फिर हाथ जोड़कर गया जाने के लिए निकल पड़ता है। बाबूजी रत्नाकर को जाते हुए देखते रह जाते हैं।

गया पहुँचते ही सभी विष्णुपद मंदिर जाते हैं, जो फल्गु नदी के किनारे स्थित है।

नदी तट पर रत्नाकर, धनी जी का पिंडदान कर रहा है, जबकि शिवा उसे विधि बता रहा है। चवन्नी भी पास बैठा है। आखिर में सभी लोग धनी जी के लिए प्रार्थना करते हैं।

पिंडदान समाप्त करने के बाद, सभी बोधगया भी घूम आते हैं। यही वह स्थान है जहाँ गौतम बुद्ध को ज्ञान की प्राप्ति हुई थी। इसके बाद, वे सभी श्री राम तिलकुट भंडार में तिलकुट और अनरसा का रसास्वादन करते हैं। पूरी गया यात्रा के दौरान, वरुण बाबू रत्नाकर को और अच्छे से समझ जाते हैं।

गया से लौटते ही, रत्नाकर पार्वती को तिलकुट, अनरसा और एक साड़ी देता है, जो वह गया से लेकर आया है। अपने बेडरूम में बैग रखने के बाद, वह सामान ठीक-ठाक कर रहा होता है। इसी दौरान, गंगा प्रसाद कमरे में आते हैं और स्टांप पेपर बिस्तर पर पटक देते हैं।

"ये क्या है?" पार्वती पूछती है।

रत्नाकर पेपर खोलकर देखता है, और उसका चेहरा शांत हो जाता है। वह माँ की ओर देखता है। माँ भी पेपर को गौर से देख रही है और जानना चाहती है कि उसमें क्या लिखा है।

"आज से तुम्हारा मेरी किसी भी चीज़ पर कोई अधिकार नहीं है। तुम मुझे मुखाग्नि भी नहीं दे सकते।" गंगा प्रसाद दोनों की जिज्ञासा शांत कर देते हैं।

"पगला गए हैं क्या? ये क्या बोल रहे हैं?" पार्वती को अपनी सुनी हुई बातों पर यकीन नहीं होता।

"हम वसीयत बनवा लिए हैं। देखो, मुझे समझाने की कोशिश मत करना। अगर बेटा अपनी मनमानी कर सकता है, तो मैं भी बाप हूँ।"

यह सुनते ही पार्वती रोने लगती है और रोते-रोते रत्नाकर को समझाने का प्रयास करती है।

"काम बंद क्यों नहीं कर देते हो, बेटा? दूसरों को मुखाग्नि देते-देते अपने पिता की मुखाग्नि से क्यों वंचित हो रहे हो? अब तो बस करो।"

बाबूजी कमरे से बाहर निकल जाते हैं। माँ का रोना और तेज़ हो जाता है।

रोने की आवाज़ सुनकर मालती छत पर आ जाती है।

रत्नाकर, मालती को नज़रअंदाज़ करते हुए चुपचाप घर से बाहर निकल जाता है।

8

स्वीकृति

गंगा प्रसाद, दरोगा जी और मुंशी जी अपने अड्डे पर बैठकर चाय पी रहे हैं।

"बहुत दिन बाद दिख रहे हो, गंगा! सब कुछ ठीक है ना?" मुंशी जी पूछते हैं।

गंगा प्रसाद एक लंबी साँस लेते हैं।

"हाँ, अब सब कुछ ठीक है।" और चाय पीने लगते हैं।

दरोगा बाबू चौंककर पूछते हैं, "अब सब कुछ ठीक है का मतलब?"

"हम रत्नाकर को अपनी जायदाद से बेदखल कर दिए। हम उससे अपनी अन्त्येष्टि का अधिकार भी छीन लिए।" गंगा प्रसाद ऐसे बताते हैं जैसे कोई बड़ी विजय प्राप्त कर ली हो।

"पागल हो गए हो क्या? ये क्या कर दिए? तुमको बुलाना पड़ेगा ना इसके जैसा कोई और, जब तुम मरोगे? बुढ़ापे का कुछ सोचे हो?"

दरोगा बाबू के यह कहते ही गंगा प्रसाद एक नए असमंजस में पड़ जाते हैं।

घाट पर आज भी सामान्य दिनों की तरह सुबह की चहल-पहल है। लोग मॉर्निंग वॉक कर रहे हैं। जो वॉक नहीं कर रहे, वे अपने नियत स्थान पर कसरत में लगे हैं। और जो न वॉक कर रहे हैं, न कसरत, वे अपने-अपने ठिकानों पर बैठे हंसी-मजाक में मशगूल हैं। इनमें से ही एक हैं वरुण बाबू और उनका गैंग।

इधर, रत्नाकर अपने नियत स्थान पर बैठा मालती का आतुरता से इंतज़ार कर रहा है। आज उसे मालती से ढेर सारी बातें करनी हैं—मुखाग्नि के बारे में, बाबूजी के बारे में, अपने बारे में, और उसके बारे में। इन्हीं विचारों में डूबा रत्नाकर अचानक देखता है कि घाट पर बुजुर्गों में हलचल मच गई है, जैसे वे भी मालती के इंतज़ार में थे।

रत्नाकर खड़ा होता है। उसे दूर से मालती घाट की ओर आती दिखती है। वह दौड़कर उसके पास पहुँचना चाहता है, अपनी चिंताओं को जल्द से जल्द मालती के साथ बांटना चाहता है। लेकिन तभी उसकी नज़र मालती के पीछे मंगल प्रसाद पर पड़ती है। उसी क्षण, रत्नाकर समझ जाता है कि अब मालती भी उसके जीवन से दूर होने वाली है। सुबह की उनकी मुलाकातों के बारे में सबको पता था, मगर आज मंगल बाबू मालती के पीछे-पीछे सैर पर निकले हैं।

मालती को इसका भान नहीं था। जैसे ही उसकी नज़र रत्नाकर पर पड़ती है, उसे भी एहसास हो जाता है कि बाबूजी उसके पीछे-पीछे घाट तक आ गए हैं। मालती घाट पर पहुँचती है, बिना रत्नाकर की ओर देखे अंतिम सीढ़ियों तक जाती है, गंगा का आचमन करती है और वापस लौट जाती है। मंगल प्रसाद भी उसके साथ चले जाते हैं। रत्नाकर मालती को जाते हुए बस देखता रह जाता है।

वह अपनी ही उलझनों में डूबा है, मगर सभी बुजुर्गों की नज़र उसी पर है। वरुण बाबू उसके पास आते हैं, कंधे पर हाथ रखते हैं और उसे बैठाते हैं।

सभी बुजुर्ग रत्नाकर को छेड़ने लगते हैं। वो एक साथ गाना गाते हैं।

"ये क्या हुआ? ये क्यों हुआ?"

रत्नाकर वरुण बाबू को प्रणाम करता है और कहता है,

"आपने हमको माफ कर दिया, अब हमें कुछ नहीं चाहिए। जिनके अंतिम संस्कार का वचन दिया है, वह ज़रूर पूरा करेंगे, लेकिन अब हम ये काम बंद कर रहे हैं।"

"ये क्या कह रहे हो?"

"हमरा परिवार, हमरे बाबूजी, हमरा प्यार—सब कुछ हमसे दूर होता जा रहा है। मुखाग्नि ने हमें बहुत नुकसान पहुँचा दिया। सबने समझाया

था, मगर हम होश में नहीं थे। अब आ गए हैं।"

"दूर चले गए मतलब?"

"बाबूजी ने अपनी वसीयत में हमें जायदाद और अपने क्रियाकर्म से बेदखल कर दिया है। मतलब, अब वो हमें अपना बेटा नहीं मानते। घर से निकाला नहीं, बस बेगाना कर दिया है।"

"ऐसा कैसे? मैं उनसे बात करूँगा।"

"नहीं, वरुण जी, मत करिए। पिंडदान कर हमने धनी जी का प्रायश्चित कर लिया, मगर अब और नहीं है।"

"तुम अभी उदास हो, इसलिए देख नहीं पा रहे कि तुमने जो किया है, उससे कितनों को उम्मीद जगी है। ऐसे ही नहीं इतने लोग रजिस्टर करवा रहे हैं, यूं ही नहीं तुम्हारी तारीफ हो रही है।"

"आपकी बात सही है, पर हम शायद उसके लायक नहीं हैं।"

"तुम हो, और तुम ही इसके लायक हो। मेरी बात सुनो—हम सबको तुम्हारी ज़रूरत है। तुम ये काम बंद नहीं करोगे, मुझे वादा करो। और रही बात जायदाद से बेदखल करने की, तो उसकी चिंता मत करो। वक़्त आने पर सब ठीक हो जाएगा। हाँ, बाबूजी को मनाना तुम्हारा काम है, चाहे जैसे भी हो।"

रत्नाकर मुस्कुराकर वरुण की ओर देखता है। वरुण बाबू उसका हाथ पकड़ कर जैसे उससे वादा ले लेते हैं।

गंगा की हलकी-हलकी लहरें उनकी नाव से टकरा रही थीं, और चांदनी रात में चार छवियाँ एक साथ बैठी थीं। हवा में नदी के किनारे की मिट्टी की गंध और उनके खाने से निकलने वाले मसालों की खुशबू आ रही थी।

रत्नाकर ने एक गहरी साँस ली, उसकी नज़र अपने साथियों—चवन्नी, शिवा और रहमत पर घूम रही थी।

चवन्नी, जो इस भोज का प्रबंध कर रहा था, खाना परोसते हुए बोला, “दादा, सब कुछ सामान्य हो गया है। और आप भी।”

शिवा, रत्नाकार को थाली देते हुए, कहा, “हमने समय पर सब कुछ संभाल लिया। लेकिन यह गलती दोबारा नहीं होनी चाहिए।” उसका लहज़ा दृढ़ था।

रत्नाकर ने सिर हिलाया, थाली से चिकन को अलग करते हुए, "तुमने वरुण बाबू को समय पर बता कर बहुत मदद की, शिवा।" उसने भात में दाल मिलाकर एक कौर लिया, थोड़ा चखते हुए, "अब आगे का प्लान यह है कि हमें अपने काम का तरीका बदलना होगा। पैसा महत्वपूर्ण नहीं है, अब तो बस लोगों की मदद करना है। ट्रक वापस आ ही गया है, हम सप्लाई का काम धीरे-धीरे शुरू कर देंगे।"

रहमत, जो अब तक चुप था, ने अपनी प्लेट एक तरफ़ रख दी और चिंता से रत्नाकर की ओर देखा। "अरे, पर हमारा क्या होगा, रत्नाकर भाई?" रत्नाकर उसकी ओर मुड़ा, उसका चेहरा नरम हो गया। "तुम चिंता मत करो, रहमत। तुम्हारी जमात का सारा काम तुम्हारे पास है, पर वादा करना होगा कि तुम कुछ गलत नहीं करोगे।" उसने रहमत की आँखों में देखते हुए कहा, उसकी आवाज़ स्थिर थी। "अब कोई गलती नहीं। अब कोई गलत रास्ता नहीं।" रहमत के चेहरे पर एक धीमी मुस्कान फैल गई। "जमात की बात नहीं है, रत्नाकर भाई। हम आपके साथ हैं, जो भी आप करोगे।"

चवन्नी ने शरारती ढंग से मुस्कुराते हुए बोतल निकलता है। "तो चलो इसी बात पर जश्न हो जाये!" इससे पहले कि वह कुछ और कह पाता, शिवा चवन्नी को टपली देता है। रत्नाकर बोतल गंगा में बहा देता है। सब हंसने लगते हैं। काफी समय बाद पहली बार रत्नाकर की छाती पर पड़ा बोझ हल्का हुआ। उसने अपने दोस्तों की तरफ देखा, यह जानते हुए कि आगे जो भी होगा, वे उसका सामना एक साथ करेंगे। और इतना ही काफी था।

दूसरे दिन, वरुण बाबू और सभी बुजुर्ग सुबह गंगा नदी के किनारे सैर कर रहे थे। अचानक, वरुण बाबू फिसल गए और सीढ़ियों पर गिर गए। उनके सिर में चोट लग गई, जिससे खून बहने लगा। सबने मिलकर वरुण बाबू को उठाया, और धीरे-धीरे और भी लोग जमा हो गए। उन्हें अस्पताल ले जाया जाता है।

सिटी हॉस्पिटल का इमरजेंसी वार्ड।

वरुण बाबू स्ट्रेचर पर बेहोश पड़े हैं। उत्तम उनका हाथ थामे खड़ा है। बाकी बुजुर्ग लोग स्ट्रेचर के चारों ओर चिंतित खड़े हैं। अब तक कोई भी

उन्हें अटेंड करने नहीं आया है। सभी बुजुर्ग बेचैन और निराश हो रहे हैं।

तभी उत्तम को रत्नाकर दिखता है, जो उन्हें ही खोज रहा है। वह ज़ोर से आवाज़ देता है। रत्नाकर के पास आते ही उत्तम जी फूट-फूट कर रोने लगते हैं। रत्नाकर सभी को ढांढस बंधाता है और एक वार्ड बॉय को पकड़कर झकझोरता है।

"अरे भाई, डॉक्टर साहब को जल्दी बुलाइए!"

वरुण बाबू की ओर इशारा करते हुए, "इनकी हालत बहुत खराब है!"

लेकिन वार्ड बॉय को कोई फर्क नहीं पड़ता। बिना किसी भाव के वह कहता है, "डॉक्टर साहब बिजी हैं। मैंने उन्हें बता दिया है, वे आ जाएंगे। जल्दी है तो प्राइवेट में ले जाओ।"

रत्नाकर का मन करता है कि दौड़कर डॉक्टर को खींच लाए, मगर वह ऐसा नहीं कर सकता। वह बस वरुण बाबू के पास खड़ा हो जाता है।

इसी बीच, एक पचास वर्षीय डॉक्टर वहां आते हैं और वरुण बाबू की जांच शुरू करते हैं।

"इन्हें चोट कैसे लगी?"

"सुबह टहलते समय घाट की सीढ़ियों से गिर गए," रत्नाकर जवाब देता है।

डॉक्टर वरुण बाबू का चेहरा देखते ही चौंक जाते हैं।

"अरे! यह तो वरुण बाबू हैं! इन्हें यहां क्यों रखा है?"

वह ज़ोर से आवाज़ देकर वार्ड बॉय को बुलाते हैं और तुरंत आईसीयू में ले जाने का आदेश देते हैं।

वार्ड बॉय भी वरुण बाबू का चेहरा देखते ही अलर्ट मोड में आ जाता है। इसके बाद तो जैसे इमरजेंसी वार्ड में भूचाल आ जाता है—

दो-तीन जूनियर डॉक्टर दौड़कर आते हैं। एक वार्ड बॉय आईसीयू की ओर भागता है। नर्स और दूसरे वार्ड बॉय जल्दी से वहां पहुंचते हैं, सभी बुजुर्गों को हटाते हैं और डॉक्टर की मदद करने लगते हैं। डॉक्टर खुद वरुण बाबू का मुंह और नाक साफ कर ऑक्सीजन लगाने लगते हैं।

ऐसा लगता है कि वरुण बाबू को इस अस्पताल में हर कोई जानता है, और वे कोई बहुत बड़े आदमी हैं। यह बात रत्नाकर और बाकी बुजुर्गों को चौंका देती है।

वरुण बाबू को आईसीयू में शिफ्ट कर दिया जाता है। आईसीयू के बाहर, कॉरिडोर में चवन्नी और सभी बुजुर्ग खड़े हैं। आईसीयू में एक ही अटेंडेंट को जाने की अनुमति है, इसलिए बुजुर्ग रत्नाकर को अंदर भेजते हैं।

कुछ देर बाद रत्नाकर बाहर आता है। सभी बुजुर्ग और चवन्नी उसे घेर लेते हैं।

"हालत बहुत नाज़ुक है... अभी कुछ नहीं कहा जा सकता," वह गंभीर स्वर में कहता है।

इतना सुनते ही बुजुर्ग घबरा जाते हैं और अंदर जाने की कोशिश करते हैं। वार्ड बॉय उन्हें रोकता है, लेकिन डॉक्टर के इशारे पर उन्हें जाने दिया जाता है।

रत्नाकर चिंतित होकर कॉरिडोर में चहलकदमी करने लगता है। अचानक, वह चवन्नी को साथ लेकर अंदर आता है और सभी से कहता है—

"मुझे कुछ गड़बड़ लग रही है। ऐसा लगता है कि वरुण बाबू बहुत बड़े आदमी हैं। आप सब एक मिनट के लिए भी यहां से मत हटना। अगर कुछ अजीब लगे, तो तुरंत मुझे इन्फॉर्म करना। मैं घर से उनके पेपर्स ले आता हूं।"

यह कहकर वह निकल जाता है।

वरुण बाबू बिस्तर पर लेटे हुए हैं। उनके चारों ओर बुजुर्ग बैठे हैं। धीरे-धीरे उनकी आँखें खुलती हैं। वह चारों ओर देखते हैं, लेकिन रत्नाकर कहीं नहीं दिखता।

उन्होंने उत्तम को हाथ के इशारे से पास बुलाया।

"अगर मैं मर गया, तो हो सकता है कि मेरा बेटा अंतिम संस्कार के लिए आए। लेकिन मेरी आप सबसे एक गुजारिश है— उसे मेरी लाश छूने भी मत देना।"

चवन्नी समेत सभी बुजुर्ग चौंक जाते हैं। किसी को अंदाज़ा नहीं था कि वरुण बाबू का कोई परिवार भी है। हर कोई प्रश्नभरी नज़रों से उन्हें देखने लगता है, जिससे वरुण बाबू असहज महसूस करने लगते हैं।

तभी उत्तम माहौल को संभालते हुए कहता है, "ठीक है, अभी आप आराम कीजिए। आपको कुछ नहीं होगा।"

"मेरा समय आ गया... रत्नाकर...," वरुण बाबू कमजोर आवाज़ में कहते हैं।

"फोन कर दिया है, वो बस आता ही होगा," चवन्नी जवाब देता है।

"रत्नाकर से कहना कि मुखाग्नि का काम जारी रखे। और उत्तम, तुम उसे ट्रस्ट के कागज़ दे देना..."

यह कहकर वरुण बाबू छत की ओर देखने लगते हैं, फिर धीरे-धीरे अपनी आँखें बंद कर लेते हैं।

आईसीयू में इतनी शांति छा जाती है कि लगता है समय ठहर गया हो।

तभी अचानक, लाइफ सेविंग सिस्टम की चेतावनी तेज़ बजने लगती है।

चवन्नी घबराकर डॉक्टर को आवाज़ देता है। डॉक्टर भागते हुए अंदर आता है और सभी को बाहर भेज देता है।

कॉरिडोर में सभी बुजुर्ग चिंतित और सहमे हुए खड़े हैं। एक-एक करके कई डॉक्टर और नर्स अंदर-बाहर कर रहे हैं। सभी बुजुर्ग एक-दूसरे को देख रहे हैं, और चवन्नी सबको ढांढस बंधा रहा है।

इसी बीच सिद्धांत, वास्तु बिल्डर का मालिक, वहां पहुंचता है। वह भी कॉरिडोर में एक किनारे खड़ा हो जाता है। चवन्नी की नजर उससे मिलती है, और वह सोचने लगता है—यह यहां क्या कर रहा है? पर इस समय सोचने का वक्त नहीं है। वह बुजुर्गों को संभालने में व्यस्त है।

अचानक, डॉक्टरों और नर्सों की आवाजाही रुक जाती है। एक डॉक्टर बाहर आता है, सभी को एक नजर देखता है, और फिर सीधे सिद्धांत की ओर बढ़ता है।

"हमने बहुत कोशिश की, लेकिन बचा नहीं पाए।" इतना कहकर डॉक्टर भीतर चला जाता है।

सिद्धांत तेजी से ICU के अंदर जाने लगता है, और उसके साथ-साथ सभी बुजुर्ग भी अंदर पहुंच जाते हैं। सिद्धांत, वरुण बाबू के पैर छूने ही वाला होता है कि चवन्नी उसे रोक देता है। उत्तम जी भी उसका साथ देते

हैं।

"तो तुम हो वरुण बाबू के बेटे?" चवन्नी उससे पहले ही बोल पड़ता है। फिर खुद ही जवाब भी देता है, "हाँ, यही तो हैं इनके बेटे! वास्तु बिल्डर के मालिक!"

यह सुनते ही सभी बुजुर्ग वरुण बाबू और सिद्धांत के बीच में खड़े हो जाते हैं।

"जब तक हम हैं, तुम्हें इन्हें छूने भी नहीं देंगे!" उत्तम जी दृढ़ता से कहते हैं।

सिद्धांत गुस्से में चीखता है, "क्या बकवास कर रहे हो तुम लोग? ये मेरे पिता हैं! बाप-बेटे के बीच कोई नहीं आ सकता! बाहर निकलो यहां से!"

शोर सुनकर दो-तीन वार्ड बॉय अंदर आ जाते हैं। सिद्धांत उन्हें बुजुर्गों को बाहर निकालने के लिए कहता है।

"बाहर तो इन्हें जाना ही पड़ेगा!" उत्तम जी ठंडे स्वर में कहते हैं। "वरुण बाबू की आखिरी इच्छा थी कि तुम्हें उनके पास भी न आने दिया जाए।"

"चुपचाप यहां से चले जाओ, नहीं तो हम पुलिस को बुलाएंगे!" बुजुर्ग एक स्वर में कहते हैं।

सिद्धांत हंसते हुए कहता है, "अरे, पुलिस तो हम बुलाते हैं!" वह अपने मोबाइल से किसी को कॉल करता है। रिंगटोन कॉरिडोर में गूंजती है, और अगले ही पल पुलिस इंस्पेक्टर कमरे में प्रवेश करता है।

पुलिस इंस्पेक्टर को देखकर सभी बुजुर्ग थोड़ा पीछे हट जाते हैं। चवन्नी सामने आता है और कहता है, "हमारे पास इनके अंतिम संस्कार का कानूनी अधिकार है। रत्नाकर अभी वसीयत लेकर आ रहे हैं।"

इंस्पेक्टर चवन्नी को एक थप्पड़ जड़ देता है। चवन्नी लड़खड़ा जाता है, पर खुद को गिरने से संभाल लेता है।

"अब तुम हमें कानून सिखाओगे?" इंस्पेक्टर गरजता है। "मैं चाहूं तो तुम सबको अभी अंदर कर दूं!"

बुजुर्ग सहम जाते हैं, लेकिन उत्तम जी बेड पर बैठे रहते हैं। इंस्पेक्टर, सिद्धांत की ओर देखता है और कहता है, "हम एंबुलेंस मंगवा लेते हैं।

आप हॉस्पिटल की बाकी औपचारिकताएं पूरी करें।"

सिद्धांत वार्ड बॉय को बिलिंग और बाकी कामों के लिए कहने लगता है। इंस्पेक्टर एंबुलेंस के लिए फोन करने लगता है। उत्तम जी उन्हें रोकना चाहते हैं, लेकिन कुछ कर नहीं सकते। उनके चेहरे पर गुस्सा साफ झलक रहा है।

चवन्नी अब भी अपने गाल पर हाथ रखे कोने में खड़ा है, तभी रत्नाकर कमरे में प्रवेश करता है। उसके हाथ में वसीयत के कागज़ हैं।

रत्नाकर, सिद्धांत और इंस्पेक्टर को देखता है। यह वही इंस्पेक्टर है, जो ट्रक जब्त करने के समय मौजूद था।

रत्नाकर को देखते ही बुजुर्गों में आत्मविश्वास लौट आता है, और वे सब उत्तम जी के बगल में आकर खड़े हो जाते हैं।

रत्नाकर के मन में बिजली की तरह घटनाएं घूमने लगती हैं—ट्रक प्रकरण, वरुण बाबू का बेटा सिद्धांत और उसे ट्रक वापस मिलने की वजह!

तभी उत्तम जी कहते हैं, "वरुण बाबू मरने से पहले कह गए थे कि उनके बेटे को उनके शरीर को छूने भी मत देना। यही उनकी आखिरी इच्छा थी।"

सिद्धांत का चेहरा भावहीन बना रहता है, लेकिन उसके पास पुलिस का समर्थन है। इंस्पेक्टर आगे बढ़कर बोलता है, "तुम्हारे कहने भर से होगा!"

इंस्पेक्टर के शब्द रत्नाकर को चुनौती लगते हैं। वह आत्मविश्वास से जवाब देता है, "कहने से नहीं, वसीयत से होगा! हमारे पास उनकी वसीयत है, जिसमें साफ लिखा है कि उनका अंतिम संस्कार हम करेंगे!"

सिद्धांत का चेहरा फीका पड़ जाता है। इंस्पेक्टर के लिए भी यह प्रतिष्ठा का सवाल बन जाता है। वह गुस्से में आगे बढ़कर रत्नाकर का कॉलर पकड़ लेता है।

बुजुर्ग चिल्लाने लगते हैं, "यह वरुण बाबू की अंतिम इच्छा थी! उनका अंतिम संस्कार हम ही करेंगे!"

इंस्पेक्टर, रत्नाकर की ओर बढ़ता ही है कि तभी डॉक्टर अंदर आते हैं। डॉक्टर को देखते ही इंस्पेक्टर उसका कॉलर छोड़ देता है।

डॉक्टर गुस्से में पूछता है, "यहां इतना शोर क्यों मचा रखा है?"

रत्नाकर कागज़ डॉक्टर को थमाते हुए कहता है, "हम तो बस वरुण बाबू का अंतिम संस्कार करना चाहते हैं, लेकिन पुलिस और सिद्धांत इसमें अड़चन डाल रहे हैं।"

डॉक्टर वसीयत पढ़ता है, फिर मेडिकल रिपोर्ट में कुछ लिखते हुए कहता है, "शव को मोर्चरी में रखो। यह एक विवादित मामला है। जो कोर्ट का आदेश लाएगा, वही शव ले जा सकेगा।"

वार्ड बॉय को आदेश मिलते ही वह शव ले जाने लगता है।

इंस्पेक्टर, डॉक्टर के कंधे पर हाथ रखकर कहता है, "आप किस अधिकार से ऐसा कर रहे हैं? यह पुलिस का मामला है!"

डॉक्टर उसकी ओर देखते हुए शांत स्वर में कहता है, "अगर मैं बाहर जाकर यह कह दूं कि आप ऑन-ड्यूटी मेडिकल स्टाफ को धमका रहे हैं, तो लाश तो दूर, आप भी यहां से नहीं जा पाएंगे। जानते हैं, मेडिकल स्टाफ से दुर्व्यवहार करने का क्या अंजाम होता है?"

डॉक्टर के शब्द सुनते ही दोनों वार्ड बॉय शव लेकर बाहर चले जाते हैं। इंस्पेक्टर और सिद्धांत बेबस खड़े देखते रह जाते हैं।

रत्नाकर, चवन्नी और बाकी बुजुर्ग आईसीयू से बाहर निकलने लगते हैं। सिद्धांत और इंस्पेक्टर वहीं खड़े हैं, जब सिद्धांत रत्नाकर को आवाज़ देता है।

"रत्नाकर, तुमसे कुछ बात करनी है।"

रत्नाकर उसकी ओर मुड़ता है और चलकर उसके पास आता है। चवन्नी और बाकी सभी उसके पीछे खड़े हो जाते हैं। यह देखकर सिद्धांत कहता है, "सिर्फ आपसे बात करनी है, अकेले में।"

सिद्धांत इंस्पेक्टर के कंधे पर हाथ रखकर उसे जाने का इशारा करता है। रत्नाकर भी बाकी सबको बाहर इंतज़ार करने के लिए कहता है। जब सभी बाहर चले जाते हैं, सिद्धांत रत्नाकर के कंधे पर हाथ रखकर बोलता है—

"देख रत्नाकर, मुझे मालूम है कि बाउजी तुम लोगों को बहुत प्यार करते थे। चवन्नी को छुड़ाने के लिए वो मेरे पास भी आए थे, और उनके कहने पर ही मैंने चवन्नी को छुड़वाया। इसमें मेरा भी पैसा खर्च हुआ,

लेकिन मैंने सोचा कि बाप की बात के आगे पैसों का क्या मोल। उन्होंने मुझसे यह भी कहा था कि रत्नाकर के साथ अपना झगड़ा खत्म कर लूँ। इसी वजह से मैंने ट्रक भी वापस कर दिया। तो अब हमारे बीच कोई दिक्कत नहीं होनी चाहिए।"

रत्नाकर उसकी बात सुनकर हैरान रह जाता है।

"और यह सबका मैंने गाना भी नहीं गाया अब तक," सिद्धांत आगे कहता है। "लेकिन अभी बात दूसरी है, रत्नाकर। तुमने बाउजी से उनके दाह-संस्कार का वादा किया था, तो वही तुम करो, मुझे कोई आपत्ति नहीं। लेकिन शव मुझे ले जाने दो। तुम्हारा वादा तो तुम श्मशान में भी पूरा कर सकते हो। अगर आज तुमने मुझे शव ले जाने नहीं दिया, तो मैं अपने आप को माफ़ नहीं कर पाउँगा। एक बेटे को भी मौका मिलना चाहिए कि वो आपने पिता का उचित सम्मान के था विदाई दे। अगर ये नहीं कर पाया तो मेरा बहुत नुकसान हो जाएगा। और साफ-साफ कह रहा हूँ, अगर मेरा नुकसान हुआ तो तुम्हारा भी होगा। समझ रहे हो न? इसलिए जो दोस्ती हमारे बीच बनी है, उसे कायम रखते हैं।"

रत्नाकर पूरी बात सुनकर शांत हो जाता है। क्या उसे सिद्धांत की बात मान लेनी चाहिए? वह क्या करेगा? सिद्धांत भी उसके जवाब का इंतज़ार कर रहा है।

रत्नाकर लंबी साँस लेकर सिद्धांत को देखता है और कहता है, "आपने गलती कर दी यह बात बता के। वरुण बाबू मेरे और चवन्नी की सलामती के लिए तुम्हारे पास गए थे। वरना, शायद मैं तुम्हारी बात मान भी जाता। लेकिन अब नहीं। वरुण बाबू तुम्हारे पिता थे, तो मेरे भी पिता समान ही थे। मैंने उन्हें वादा किया था, यह तो है ही, लेकिन उन्होंने यह भी कहा था कि तुम्हें उनके शव को हाथ तक न लगाने दूँ। अब यह मेरा धर्म है, और मैं इसे पूरा करूंगा।"

सिद्धांत को इस जवाब की उम्मीद नहीं थी। उसके चेहरे से साफ झलक रहा था कि वह रत्नाकर के खिलाफ कुछ करने की सोचने लगा है। इसे भाँपकर रत्नाकर आगे कहता है, "और रही बात नुकसान की, तो उसका हिसाब मैंने बहुत पहले ही छोड़ दिया था। अब बात पैसों की नहीं, उसूल की है, और उसके लिए मैं किसी से भी लड़ने को तैयार हूँ। अच्छा

होगा कि तुम भी तैयारी कर लो!"

बिना सिद्धांत के जवाब का इंतज़ार किए, रत्नाकर पलटकर चला जाता है। सिद्धांत गुस्से से उसे देखता रह जाता है। बाकी सभी बुजुर्ग भी रत्नाकर के पीछे चलने लगते हैं।

वास्तु बिल्डर का ऑफिस

आज ऑफिस की सारी लाइटें बंद हैं। सिद्धांत अपने चेंबर में, कुर्सी पर बैठे, दीवार पर बने 'वास्तु बिल्डर' के लोगो को देख रहा है, जिस पर लिखा है— "गृह निर्माण संस्कार के साथ"। वह पीछे मुड़ता है। सामने दो वकील ढेर सारी कानूनी किताबों के साथ बैठे काम कर रहे हैं।

"आप फिक्र मत कीजिए, सर। वरुण जी का दाह-संस्कार आप ही करेंगे, वो भी दो दिन में," वकील कहता है।

सिद्धांत उसे घूरते हुए समझाता है, "समझे नहीं अब तक तुम इस केस को। ये मामला दाह-संस्कार का नहीं है। अगर रत्नाकर शव लेकर गया, तो यह बात सामने आ जाएगी कि बाबूजी ने मुझे बेदखल कर दिया था। इसलिए इस केस को सीरियसली लो और शव की कस्टडी भी।"

अब वकीलों को असली मामला समझ में आ जाता है। यह विवाद सिर्फ शव की कस्टडी का नहीं, बल्कि संपत्ति का भी है। अगर शव रत्नाकर के पास गया, तो यह साबित हो जाएगा कि वरुण बाबू ने सिद्धांत को बेदखल कर दिया था। फिर सिद्धांत का संपत्ति पर दावा भी मुश्किल हो जाएगा।

"सर, आपने बहुत अहम पॉइंट उठाया है। आप चिंता मत कीजिए, शव—मेरा मतलब, संपत्ति आपको ही मिलेगी," सीनियर वकील कहता है।

सिद्धांत संतुष्ट होकर कुर्सी पर बैठ जाता है और वकीलों की तैयारी देखने लगता है।

रत्नाकर असमंजस में है। वह इस लड़ाई को लड़े या नहीं? उसके दिमाग में उथल-पुथल मची हुई है। अगर इस समय उसे मालती का साथ मिलता, तो बात कुछ और होती। वह सोफे में बैठा है, तभी चवन्नी और उत्तम वहाँ पहुँचते हैं।

उत्तम कुछ कागज़ात रत्नाकर को देते हुए कहता है, "वृद्धाश्रम और आपकी बचत को मिलाकर एक ट्रस्ट बनाया गया है, और आप उसके एकमात्र ट्रस्टी हैं। मरने से पहले वरुण जी ने कहा था कि यह कागज़ात आपको दे दूँ। वो चाहते थे कि यह काम कभी न रुके।"

रत्नाकर उत्सुकता से वे कागज़ पढ़ने लगता है। उसी समय गंगा प्रसाद भी वहाँ पहुँच जाते हैं। उत्तम और चवन्नी बाहर चले जाते हैं। रत्नाकर उठकर अपने कमरे में चला जाता है।

गंगा प्रसाद कागज़ों को देखते हैं। वह उन्हें अपने हाथ में लेते हैं और पढ़ना शुरू करते हैं। पढ़ते-पढ़ते उनके चेहरे पर गंभीरता छा जाती है। उनकी आँखों में आँसू आ जाते हैं, और वह धम्म से सोफे पर बैठ जाते हैं।

अदालत पूरी डेकोरम के साथ चल रही है। अर्दली ऊँची आवाज़ में केस नंबर पुकारता है और सिद्धांत और रत्नाकर के वकील जज के सामने आते होते हैं।

“मामला क्या है?” जज ने गंभीर स्वर में पूछा।

सिद्धांत के वकील ने आगे बढ़कर केस शुरू करता है –

"माय लॉर्ड! कल मेरे मुवक्किल, श्री सिद्धांत के पिताजी का अस्पताल में निधन हो गया। जब वह अपने पिताजी का पार्थिव शरीर लेने गए, तो रत्नाकर–" उन्होंने बुजुर्गों की ओर इशारा करते हुए कहा, "इन बुजुर्गों के साथ मिलकर हंगामा करने लगे। अस्पताल प्रशासन ने शव को शवगृह में रखवा दिया। अब मेरे मुवक्किल को अपने पिता के अंतिम संस्कार के लिए अदालत के आदेश की आवश्यकता है।"

जज ने बुजुर्गों की तरफ देखते हुए रत्नाकर के वकील की ओर रुख किया।

"एक बेटा अपने पिता का अंतिम संस्कार करना चाहता है। इसमें आप लोगों को क्या आपत्ति है?"

"एक बेटा अपने पिता का अंतिम संस्कार करना चाहता है। इसमें आप लोगों को क्या आपत्ति है?"

उत्तम अपनी सीट से खड़े होकर कुछ कहना चाहते हैं।

"जज साहब!"

लेकिन रत्नाकर ने उनका हाथ पकड़कर उन्हें बैठा देता है। इसके बाद रत्नाकर के वकील ने बोलना शुरू करता है –

"माय लॉर्ड! स्वर्गीय वरुण बाबू ने अपनी मृत्यु से पहले ही अपने अंतिमसंस्कार का अधिकार मुखाग्नि को सौंप दिया था और इसके लिए आवश्यक धनराशि भी जमा कर दी थी।"

उन्होंने अपने फाइल से एक फॉर्म निकालकर क्लर्क को देते हैं, जिसे जज के सामने प्रस्तुत किया गया। जज साहब ने फॉर्म ध्यान से पढ़ने के बाद पूछते हैं –

"यह 'मुखाग्नि' क्या है?"

सिद्धांत के वकील व्यंग्यात्मक लहजे में बोलते हैं –

"माय लॉर्ड, बनारस आने वाले बुजुर्गों को बेवकूफ बनाने की एक संगठित चाल है।"

"ऑब्जेक्शन, माय लॉर्ड!" रत्नाकर के वकील विरोध करते हैं।

जज ने शांत स्वर में, "आप अपनी बात कहिए।"

रत्नाकर के वकील सफाई देते हैं –

"बनारस में कई बुजुर्ग अपनी इच्छा से आते हैं, या फिर वे अपने परिवार द्वारा त्याग दिए जाते हैं। 'मुखाग्नि' एक ऐसा संगठन है जो उनकी इच्छा के अनुसार अंतिम संस्कार कराता है। इसके लिए यह फॉर्म भरा जाता है, जो आपके सामने मौजूद है।"

सिद्धांत के वकील ने तर्क दिया–

"माय लॉर्ड, ऐसे फॉर्म की कोई कानूनी वैधता नहीं है!"

जज ने तीखी नज़र डालते हुए कहा–

"इसीलिए तो मैं यहाँ बैठा हूँ। कानून का निर्णय अदालत करेगी, आप नहीं।"

अदालत में बैठे बुजुर्ग हंसने लगते हैं।

रत्नाकर के वकील ने अपनी बात आगे बढ़ाई–

"माय लॉर्ड, वरुण बाबू की मृत्यु के समय उन्होंने यह अंतिम इच्छा इन बुजुर्गों के सामने प्रकट की थी कि उनका अंतिम संस्कार रत्नाकर करे।"

इस केस को टेलीविज़न चैनल वाले कैसे छोड़ते। उसी दिन शाम में एक टीवी न्यूज़ स्टूडियो में बहस शुरू हो चुकी है। एंकर के पीछे बड़ी स्क्रीन पर प्रतीकात्मक तस्वीरें और वीडियो चल रही है —कोरोना काल के दौरान शवों के परिवहन और अंतिम संस्कार से संबंधित हैं। मंच पर चार विशिष्ट अतिथि बैठे थे, जबकि ऑडियंस गैलरी में लगभग बीस-पच्चीस लोग मौजूद थे।

एंकर ने माइक को एडजस्ट किया और सीधे कैमरे में देख कर बहस शुरू करता है।

"आज की बहस ज़रा अलग है। सवाल यह है कि अंतिम संस्कार का अधिकार किसे होना चाहिए? बेटे को, जिसे यह परंपरागत रूप से मिलता है? या उस व्यक्ति को, जिसे यह कानूनी रूप से सौंपा गया हो? हम आपसे भी जानना चाहेंगे। अगर आप चाहते हैं कि रत्नाकर अंतिम संस्कार करें, तो ट्वीट करें #अंतिमसंस्कारA और यदि आप सिद्धांत के पक्ष में हैं, तो ट्वीट करें #अंतिमसंस्कारB। अब जानते हैं हमारे विशेषज्ञों की राय।"

पहले सामाजिक कार्यकर्ता, एक अनुभवी व्यक्ति, माइक की ओर झुके और बोले—

"जो जानकारी मुझे मिली है, और आपके चैनल से जो समझ में आ रहा है, वह यह है कि वरुण बाबू पिछले सात वर्षों से अकेले रह रहे थे। इन सात वर्षों में उनके बेटे ने उन्हें एक बार भी नहीं देखा। और अब, जब उनकी मृत्यु हो गई है, तो वह दावा कर रहा है कि वह उनका बेटा है और अंतिम संस्कार करेगा! यह सरासर अन्याय है।"

पास बैठे एक राजनेता ने तुरंत प्रतिक्रिया दी—

"भाई! यही समाज की रीति है। पिता का अंतिम संस्कार बेटा ही करता है।"

सामाजिक कार्यकर्ता ने कड़े शब्दों में विरोध किया—

"यह सरासर गलत बात है। उस व्यक्ति ने कानूनी माध्यम से रत्नाकर को अंतिम संस्कार का अधिकार दिया है। उसकी वसीयत और अंतिम इच्छा का सम्मान किया जाना चाहिए।"

पप्पू की चाय की दुकान पर लोग टीवी की ओर टकटकी लगाए हुए थे। वहाँ बैठे लोग बहस को ध्यान से सुन रहे थे और अपने मोबाइल फोन पर ट्वीट कर रहे थे। कुछ लोग सिद्धांत के समर्थन में थे, तो कुछ रत्नाकर के पक्ष में।

बाहर दुनिया अपनी रफ्तार से चल रही थी, लेकिन इस छोटी-सी चाय की दुकान में न्याय की लड़ाई छिड़ी हुई थी—एक अदालत में नहीं, बल्कि जनता की अदालत में।

टीवी बहस के दौरान नेताजी कह रहे हैं—

"देखिए, यह सिर्फ पारिवारिक मनमुटाव का मामला है। भले ही एक पिता कोई निर्णय ले, इसे केवल एक प्रतीकात्मक सजा माना जाना चाहिए। सामाजिक रीति-रिवाज इससे नहीं बदल सकते। अब रत्नाकर और उसकी संस्था 'मुखाग्नि' की बात करें—मैं इसे उसके गठन के दिन से देख रहा हूँ। मैं आपको बता दूँ, कुछ समय पहले इन्होंने धनी जी का अंतिम संस्कार विद्युत शवदाह गृह में कर दिया, जबकि उन्होंने मणिकर्णिका घाट पर दाह संस्कार के लिए पैसे जमा किए थे। अब रत्नाकर की 'मुखाग्नि' कोई सेवा नहीं रही, बल्कि यह एक व्यवसाय बन चुका है, जो केवल लाभ कमाने के लिए चलाया जा रहा है। सनातन धर्म में इस तरह का व्यावसायिककरण स्वीकार नहीं है, और मैं इसे कभी होने नहीं दूँगा। कोर्ट का फैसला चाहे जो भी हो, इससे कोई फर्क नहीं पड़ता!"

एंकर उनकी बात को संक्षेप में दोहराता है—

"तो इसका मतलब यह हुआ कि आप खुद को कानून से बड़ा मानते हैं? आप कोर्ट के फैसले को मानने के लिए तैयार नहीं हैं?"

लेकिन नेताजी जैसे कोई तयशुदा एजेंडा लेकर ही आए थे।

"मैं माननीय न्यायालय की अवहेलना नहीं कर रहा हूँ। मैं केवल इतना कहना चाहता हूँ कि एक बेटे को अपने पिता का अंतिम संस्कार करने का अधिकार मिलना चाहिए—यही हमारी सनातन परंपरा भी कहती है।"

गंगा प्रसाद के घर पर सनातन धर्म रक्षा समिति के नेता अपने कुछ लोगों के साथ पहुंचते हैं। वे नारे लगाते हुए पत्थरबाजी शुरू कर देते हैं। घर के बाहर खड़ी ट्रक के शीशे चकनाचूर हो जाते हैं।

गंगा प्रसाद बाहर देखने के लिए आते हैं, तभी एक पत्थर उनके सिर पर आकर लगता है। वे लड़खड़ाते हैं और ज़मीन पर गिर जाते हैं।

"हे भगवान!" पार्वती जोर से चिल्लाती है।

मंगल प्रसाद और मालती दौड़कर उनकी तरफ बढ़ते हैं। इसी बीच सनातन धर्म रक्षा समिति का नेता उनके पास आता है और धमकी भरे लहजे में कहता है—

"रत्नाकर को समझा दो, अभी भी मौका है। धर्म की दुर्गति हम बर्दाश्त नहीं करेंगे। यह सिर्फ़ चेतावनी है। ऐसा भी हो सकता है कि तुम्हें खुद उसे मुखाग्नि देनी पड़े!"

यह कहकर सनातन धर्म रक्षा समिति के लोग वहां से चले जाते हैं।

गंगा प्रसाद सिर पर हाथ रखे उन्हें जाते हुए देखते हैं। उनके चेहरे पर अजीब-सा आत्मविश्वास झलक रहा है, जबकि पार्वती फूट-फूटकर रो रही है।

रत्नाकर और चवन्नी कोर्ट से घर लौट रहे होते हैं। जैसे ही वे आंगन में पहुंचते हैं, ट्रक की हालत देखकर चौंक जाते हैं। अनिष्ट की आशंका से दोनों तेजी से घर के अंदर भागते हैं।

ड्राइंग रूम में गंगा प्रसाद सोफे पर बैठे हैं, उनके सिर पर पट्टी बंधी है। रत्नाकर दौड़कर उनके पास जाता है—

"क्या हुआ बाबूजी?"

अभी वह कुछ समझ पाता कि पार्वती गुस्से में रत्नाकर के गाल पर दो-तीन थप्पड़ जड़ देती है।

"सब कुछ तुम्हारे चलते हुआ है, रत्नाकर! अब तक हम समझ रहे थे कि तुम सही कर रहे हो, लेकिन अब बात मेरे सुहाग तक आ गई! शुक्र है कि मंगल बाबू और मालती वहां थे, नहीं तो आज क्या हो जाता!"

रत्नाकर सन्न रह जाता है।

गंगा प्रसाद, पार्वती को शांत करने के लिए कहते हैं—

"शांत हो जाओ। जब दुश्मन बढ़ जाएं, तो समझ लो कि तुम सही काम कर रहे हो।"

पार्वती एकदम ठिठक जाती है। चवन्नी और रत्नाकर को कुछ समझ नहीं आता कि बाबूजी ने यह क्या कह दिया...

अदालत खचाखच भरी हुई थी। माहौल तनावपूर्ण था, हर कोई इस मुकदमे के नतीजे को जानने के लिए उत्सुक था। जज अपनी कुर्सी पर गंभीर मुद्रा में बैठे थे, जबकि वकील फाइलें उलट-पलट रहे थे। कटघरे में रत्नाकर खड़ा था, उसके सामने सिद्धांत का वकील खड़ा होकर सवालों की बौछार कर रहा था।

वकील ने तीखी आवाज़ में पूछा—

"अंतिम संस्कार करना आपका बिजनेस है?"

रत्नाकर ने संयमित स्वर में जवाब दिया—

"नहीं जी, हम तो सिर्फ सेवा कर रहे हैं।"

वकील व्यंग्यात्मक मुस्कान के साथ आगे बढ़ता है।

"तो आप जो यह सेवा कर रहे हैं, इसका कोई लाइसेंस है आपके पास? आप इस सेवा के लिए पैसे लेते हैं। फ्री में तो नहीं करते? तो आप जीएसटी भी भरते होंगे? पैन कार्ड भी होगा?"

"यह पूरी तरह से समाज सेवा है। हम लावारिस शवों का अंतिम संस्कार करते हैं। अस्पतालों, जेलों और संस्थानों को अपनी सेवाएं देते हैं। और अगर कोई अपनी इच्छा से हमारे माध्यम से अंतिम संस्कार कराना चाहे, तो हम उनकी भी मदद करते हैं।"

वकील ने जज की तरफ रुख किया और अपनी आवाज़ ऊँची करते हुए बोला—

"माय लॉर्ड! यह साफ़-साफ़ एक व्यापार है। और वह भी अवैध व्यापार। इसे कानूनन गलत माना जाना चाहिए और रत्नाकर को इसके लिए सज़ा मिलनी चाहिए।"

अदालत में हलचल मच गई। सिद्धांत का वकील अपनी सीट पर बैठकर, रत्नाकर के वकील को इशारा करता है।

रत्नाकर का वकील अनुभवी है , इसलिए उसकी आवाज़ में ठहराव और आत्मविश्वास है।

"माय लॉर्ड, आप जानते हैं कि दुनिया भर से बुजुर्ग काशी में आते हैं, अपना बुढ़ापा बिताने के लिए। कुछ अपनी मर्जी से आते हैं, तो कुछ अपने नालायक बच्चों से तंग आकर। अब, जब उनका अंतिम समय आता है, तो उनकी चिता की चिंता किसी न किसी को तो करनी होगी,

और वही काम मेरा मुवक्किल करता है। इसे अवैध कहने के बजाय कानूनी दर्जा दिया जाना चाहिए।"

उसकी बात सुनते ही अदालत में बैठे वृद्धजन तालियाँ बजाने लगे।

इसी बीच गंगा प्रसाद और चवन्नी अदालत में प्रवेश करते हैं और बुजुर्गों के बीच जाकर बैठ जाते हैं। रत्नाकर यह देखकर हल्का-सा मुस्कुराता है।

उसका वकील आगे बढ़ते हुए बोला—

"माय लॉर्ड, मैं अपने गवाह श्री उत्तम मिश्रा को कटघरे में बुलाना चाहूंगा।"

जज ने सिर हिलाकर इशारा किया। उत्तम मिश्रा, एक बुजुर्ग व्यक्ति, जिनकी काया कमजोर पर आत्मा मजबूत थी, गवाही देने के लिए कटघरे में आए।

रत्नाकर के वकील ने पूछा—

"आप वरुण बाबू के साथ कब से रह रहे हैं?"

"पिछले छह साल से," उत्तम ने उत्तर दिया।

"आपको कब पता चला कि वरुण बाबू सिद्धांत जी के पिता हैं?"

उत्तम ने गहरी सांस ली और कहा—

"जब हम उन्हें अस्पताल लेकर गए थे। डॉक्टरों ने उन्हें पहचाना और उसी दिन हमें पता चला।"

वकील ने सिद्धांत की ओर इशारा करते हुए पूछा—

"तो क्या इन छह सालों में आपने कभी इन्हें (सिद्धांत को) वरुण बाबू से मिलने आते देखा?"

उत्तम ने सिर हिलाया।

"नहीं!"

वकील ने अब रत्नाकर की ओर इशारा किया।

"इन्हें कितने समय से जानते हैं? और यह क्या करते हैं?"

उत्तम ने रत्नाकर को देखते हुए उत्तर दिया—

"यह रत्नाकर हैं। मैं इन्हें एक साल से जानता हूँ। यह गंगा किनारे हमारे साथ रहते हैं। कभी हम नाटक करते हैं, कभी भजन गाते हैं, कभी वर्कशॉप होती है। और अगर हमारे बीच कोई निधन हो जाए, तो यह

उसका अंतिम संस्कार कराते हैं।"

अब सिद्धांत का वकील खड़ा हुआ और उत्तम की जिरह शुरू की।

"जब आपके वर्कशॉप होते थे, तो रत्नाकर क्या करता था?"

उत्तम ने सहजता से जवाब दिया—

"पूरा कार्यक्रम यही संभालते थे। कौन आ रहा है, कौन जा रहा है, सब कुछ कागजों में दर्ज करते थे। जो भी प्रतिभागी होते थे, उनका नाम बाकायदा लिखा जाता था।"

सिद्धांत का वकील मुस्कुराया, जैसे उसे कोई ठोस सबूत मिल गया हो।

"तो क्या वह केवल नाम लिखते थे, या यह भी तय करते थे कि कौन कितने दिन जिएगा?"

अदालत में सन्नाटा छा गया।

रत्नाकर के वकील तुरंत खड़ा हुआ।

"माय लॉर्ड, यह सवाल आधारहीन है!"

जज ने उसे इशारा किया कि वह बैठ जाए।

उत्तम अब थोड़ा घबरा गया था, फिर भी उसने धीरे से जवाब दिया—

"सर, यह तो मैं नहीं जानता।"

सिद्धांत का वकील अब पूरी अदालत की ओर मुड़ा और नाटकीय अंदाज़ में बोला—

"माय लॉर्ड, इससे क्या साबित होता है? यह साबित होता है कि रत्नाकर अपने क्लाइंट्स की मृत्यु का समय पहले से तय करके उन्हें अपने संगठन के माध्यम से अंतिम संस्कार के लिए बाध्य करता था!"

अदालत में एक गहरी सनसनी दौड़ गई। मामला और भी गंभीर हो चुका था।

रहमत और शिवा कुछ लोगों के साथ अपनी दुकान में टीवी देख रहे हैं। स्क्रीन पर वृद्ध आश्रम के बुज़ुर्ग नज़र आ रहे थे। उनमें से एक, उत्तम, रिपोर्टर से बात कर रहा है।

"हम लोगों को बोला कि भाई, मेरे बेटे को मेरी लाश को छूने मत देना। हम सब रत्नाकर के साथ हैं। वह एक अच्छा आदमी है," उत्तम ने दृढ़ता से कहा।

एंकर अपना संवाद जारी रखता है -

"अब हमारे साथ अमेरिका से जुड़ रहे हैं नितिन, जिनके पिता का अंतिम संस्कार रत्नाकर ने किया था। नितिन जी, इस मुद्दे पर आपकी क्या राय है?"

स्क्रीन पर नितिन प्रकट होता है। उसने हल्का सिर झुकाया और बोलना शुरू करता है,

"हैलो! मुझे लगता है कि यहाँ दो महत्वपूर्ण मुद्दे हैं। पहला, क्या समाज को मुखाग्नि जैसी सेवाओं की आवश्यकता है? मेरे अनुसार, हां। मैंने भी रत्नाकर की सेवाएं ली हैं और मैं इसके लिए उनका आभार व्यक्त करता हूं। और दूसरा मुद्दा यह है कि वरुण जी का अंतिम संस्कार कौन करेगा? इसका निर्णय माननीय न्यायालय करेगा, लेकिन मेरी राय स्पष्ट रूप से रत्नाकर के पक्ष में है।"

एंकर सहमति में सिर हिलाता है ,

"हां! यह सच में विचारणीय विषय है। समाज को इस तरह की सेवाओं की आवश्यकता है या नहीं, यह भी एक अहम बहस का मुद्दा है।"

तभी चर्चा में नेता कूद कर अपनी राय स्पष्ट शब्दों में रखने लगता है ,

"इसमें कोई संदेह नहीं कि सनातन समाज में हम अंतिम संस्कार को व्यवसाय नहीं मानते। यह एक स्वैच्छिक कर्तव्य है, जो हर कोई निभाता है। अगर पड़ोस में किसी की मृत्यु हो जाती है, तो लोग स्वयं अंतिम संस्कार में सम्मिलित होते हैं। इसके लिए आमंत्रण की आवश्यकता नहीं होती।"

इसके जवाब में एक सामाजिक कार्यकर्ता ,

"आज के समय में लोगों के पास इतनी फुर्सत कहां? हर दिन अखबारों में खबरें छपती हैं—कोई शव को साइकिल पर ढो रहा है, कोई अपने पिता के शव को अकेले घसीटते हुए श्मशान तक ले जाने को मजबूर है। समाज का यह कटु यथार्थ है।"

नितिन ने सहमति जताते हुए ,

"अगर हम मुखाग्नि की बात करें, तो यह एक बेहद नेक पहल है। सबसे बड़ी बात यह है कि जितने अंतिम संस्कार वे करवाते हैं, उतने ही पेड़ भी लगाते हैं। यह न केवल लावारिस शवों बल्कि जानवरों के अंतिम संस्कार की भी व्यवस्था करते हैं। इनके सभी कार्य पढ़े-लिखे, जागरूक लोग संभालते हैं, जो समाज की ज़रूरत को समझते हैं।"

इस पर नेता भड़क जाता है ,

"संस्कृति और परंपरा से बड़ा कुछ भी नहीं हो सकता। अगर यह परंपरा के विरुद्ध है, तो है! सनातन धर्म रक्षा समिति इसे कभी स्वीकार नहीं कर सकती।"

एंकर ने एक और एंगल बताता है,

"आज के एकल परिवारों के दौर में यह एक बड़ी समस्या है कि शवों को श्मशान तक ले जाने के लिए भी लोग नहीं मिलते। अगर मुखाग्नि जैसी कोई संस्था इस दिशा में कार्यरत है, तो इसमें गलत क्या है? और इससे पर्यावरण को भी लाभ हो रहा है, क्योंकि यह वृक्षारोपण को बढ़ावा दे रही है। हमारे ट्विटर पोल में 97% लोगों ने कहा है कि वरुण बाबू का अंतिम संस्कार रत्नाकर को ही करना चाहिए। साथ ही, 95% लोगों का मानना है कि समाज को मुखाग्नि जैसी सेवाओं की ज़रूरत है।"

नितिन ने एक और घोषणा की,

"मैं यह भी बताना चाहता हूं कि हमारी कंपनी अगले तीन वर्षों तक अपने पूरे सीएसआर फंड को मुखाग्नि के लिए समर्पित करेगी, ताकि यह सेवा आर्थिक रूप से कमजोर वर्ग तक भी पहुंच सके।"

टीवी एंकर ने अब सीधे नेता से सवाल किया,

"क्या आप मानते हैं कि समाज में ऐसी संस्था की आवश्यकता है? और क्या मुखाग्नि सही कार्य कर रही है?"

संपूर्ण स्टूडियो में सन्नाटा छा गया। समिति का नेता गंभीर हो गया। उसने कोई स्पष्ट उत्तर नहीं दिया, लेकिन उसके चेहरे के हाव-भाव से साफ था कि कहीं न कहीं, वह सहमत हो चुका है।

मालती अपने कमरे से बाहर आती है, पूरी तरह तैयार होकर। टीवी पर चल रहा डिबेट प्रोग्राम अभी-अभी खत्म हुआ है। मंगल प्रसाद उठकर टीवी बंद कर देते हैं और मालती की ओर देखते हैं।

"कहाँ जा रही हो?" वह पूछते हैं।

"मैं कोर्ट जा रही हूँ, बाबूजी," मालती जवाब देती है।

मंगल प्रसाद उसके पास आकर कहते हैं,

"ज़रूर जाओ, मैं तुम्हें आज नहीं रोकूँगा। ऐसे समय में अपनों को साथ होना चाहिए। मुझे रत्नाकर पर गर्व है।"

मालती भावुक होकर मंगल प्रसाद को गले लगा लेती है।

कोर्टरूम में सभी लोग अपनी-अपनी जगह बैठे हैं। कटघरे में रत्नाकर खड़ा है, और सिद्धांत का वकील उससे सवाल कर रहा है।

"आपको कब पता चला कि वरुण जिस मकान में रहते हैं, वह उनका ही है?"

रत्नाकर शांत स्वर में जवाब देता है,

"जिस दिन उनका देहांत हुआ, उसी रात चवन्नी और उत्तम जी मेरे घर आए थे और मुझे ट्रस्ट के पेपर दिए। उसी दिन मुझे पता चला कि वरुण बाबू जिस मकान में रहते थे, वह उनका था।"

इसी बीच, मालती कोर्टरूम में प्रवेश करती है और चुपचाप बैठ जाती है। रत्नाकर उसे देखता है—उसे हल्की खुशी और आश्चर्य होता है। फिर वह अपना बयान जारी रखता है,

"उन्होंने अपना मकान और जमा पूंजी मिलाकर एक ट्रस्ट बनाया और मुझे इसका मुख्य ट्रस्टी बनाया। इससे पहले मुझे इसकी कोई जानकारी नहीं थी।"

रत्नाकर का वकील ट्रस्ट के कागज़ात क्लर्क को सौंपता है, और क्लर्क जज साहब को देता है। सिद्धांत बेचैन हो उठता है, जैसे उसके हाथ से सब कुछ निकल रहा हो।

सिद्धांत का वकील लगभग चिढ़ते हुए कहता है,

"माय लॉर्ड! यह सिर्फ और सिर्फ घर और पैसे हथियाने की साजिश थी!"

फिर, रत्नाकर का वकील विश्वास बोस को कटघरे में बुलाता है।

"माय लॉर्ड! मैं अपने गवाह, श्री विश्वास बोस जी को बुलाना चाहूंगा।"

विश्वास बोस कटघरे में आता है।

"आप कब से वरुण जी के साथ रह रहे थे?"

"पिछले पाँच साल से," विश्वास जवाब देता है।

"आपको ट्रस्ट के बारे में कब पता चला?"

"वरुण बाबू के मरने के दिन ही," विश्वास बताता है और वापस अपनी जगह पर चला जाता है।

रत्नाकर का वकील एक ठहराव के बाद बोलता है,

"माय लॉर्ड! यह स्पष्ट है कि वरुण बाबू चाहते थे कि उनका अंतिम संस्कार रत्नाकर करे, और यही कारण था कि उन्होंने यह ट्रस्ट बनाया। हिंदू उत्तराधिकार अधिनियम 1956 और संशोधित अधिनियम 2005 के अनुसार, एक बेटे को अपने पिता का अंतिम संस्कार करने का अधिकार तो है, लेकिन एक पिता को भी यह अधिकार है कि वह तय करे कि उसका अंतिम संस्कार कौन करेगा। वरुण बाबू अपने बेटे के व्यवहार से आहत थे। उन्होंने साफ शब्दों में कहा था कि वह नहीं चाहते कि उनका बेटा उनकी लाश को भी छुए। इसलिए, उन्होंने अपना अंतिम संस्कार करने के लिए रत्नाकर को चुना। यही उनका 'डेथ डिक्लेरेशन' भी है। मैं आपसे अनुरोध करता हूँ कि वरुण बाबू के अंतिम संस्कार का अधिकार रत्नाकर को दिया जाए। दैट्स ऑल, माय लॉर्ड।"

वकील अपनी जगह लौट जाता है। जज सिद्धांत के वकील की ओर देखते हैं।

"वकील साहब, निष्कर्ष प्रस्तुत कीजिए," जज कहते हैं।

सिद्धांत का वकील आगे बढ़ता है,

"हर समाज की अपनी परंपरा होती है, और वही उसकी नींव होती है। सदियों से पिता को मुखाग्नि देने का अधिकार पुत्र को ही मिलता आया है। और सुबह का भूला अगर शाम को लौट आए, तो उसे भूला नहीं कहते। मिस्टर सिद्धांत केवल अपने परंपरागत और कानूनी अधिकार की माँग कर रहे हैं। यह उनका जन्मसिद्ध अधिकार भी है। यह स्पष्ट है कि रत्नाकर ने इन बुजुर्गों की सेवा केवल उनके पैसे ऐंठने के लिए की है। सो, इट्स माय हम्बल रिक्वेस्ट कि मेरे मुवक्किल को उसका हक दिलाया जाए। दैट्स ऑल, माय लॉर्ड।"

सिद्धांत का वकील जज को सलाम करता है और अपनी जगह बैठ जाता है।

जज कुछ देर सोचते हैं और फिर फैसला सुनाते हैं,

"एक तथ्य यह भी है कि आपके क्लाइंट पिछले सात साल से अपने पिताजी से मिले तक नहीं। तो वह अंतिम संस्कार करें या न करें, क्या फर्क पड़ता है? दिवंगत वरुण बाबू की अंतिम इच्छा के अनुसार, यह अदालत फैसला सुनाती है कि उनका अंतिम संस्कार रत्नाकर ही करेगा।"

कोर्ट में बैठे बुजुर्ग तालियाँ बजाने लगते हैं। वे रत्नाकर के पास आते हैं, उसे गले लगाते हैं, और बधाई देते हैं।

रत्नाकर, चवन्नी और सभी बुजुर्ग वरुण बाबू का शव वृद्धाश्रम ले जाते हैं। वहाँ पहले से ही रत्नाकर का सहयोग समूह मौजूद है। आश्रम में वरुण बाबू के शव को फूलों से सजाया जाता है। बैंड बजता है, तस्वीरें खींची जाती हैं, और फिर वे सब उनकी अंतिम यात्रा के लिए निकलते हैं।

रत्नाकर, चवन्नी, सहयोग समूह और सभी बुजुर्ग वरुण बाबू के शव के साथ मणिकर्णिका घाट पहुँचते हैं। पूरे विधि-विधान से उनका अंतिम संस्कार किया जाता है।

दूर, एक सीढ़ी पर सिद्धांत खड़ा है, आँखों में आँसू भरे हुए। वह अपने पिता की जलती चिता को प्रणाम करता है।

गंगा प्रसाद, मंगल प्रसाद, दरोगा बाबू और मुंशी जी के साथ घाट पर आते हैं। रत्नाकर की नजर गंगा प्रसाद पर पड़ती है। उसकी आँखों में अपने पिता को देखने की खुशी झलकती है।

गंगा प्रसाद दूर से ही हाथ उठाकर रत्नाकर को आशीर्वाद देते हैं।

www.ingramcontent.com/pod-product-compliance
Lightning Source LLC
LaVergne TN
LVHW100326210926
848480LV00003B/1273
* 9 7 9 8 9 0 2 6 9 6 5 6 8 *